U0856865

此生只爱一次好吗

◎蔡成 著

山东城市出版传媒集团·济南出版社

图书在版编目(CIP)数据

此生只爱一次,好吗 / 蔡成著. ——济南:济南出版社, 2019.1

ISBN 978-7-5488-3346-8

Ⅰ. ①此… Ⅱ. ①蔡… Ⅲ. ①短篇小说-小说集-中国-当代 Ⅳ. ①I247.7

中国版本图书馆 CIP 数据核字(2018)第 297051 号

出 版 人　崔　刚
责任编辑　张伟卿　姚晓亮
装帧设计　宋　逸
出版发行　济南出版社
地　　址　山东省济南市二环南路 1 号(250002)
编辑热线　0531-86131741
发行热线　0531-67817923　86922073　68810229
印　　刷　济南新科印务有限公司
版　　次　2019 年 1 月第 1 版
印　　次　2019 年 1 月第 1 次印刷
成品尺寸　148mm×210mm　32 开
印　　张　5.625
字　　数　125 千
印　　数　1—3000 册
定　　价　29.80 元

第二章　等着你回来

都是情事（序）

那日，上当当网，偶然撞上这段文字。“我是因为看《读者》喜欢上作者蔡成的文字，才买了书。这是我第一次读蔡成的散文，这应是作者的前期作品。嗯，相比而言，更喜欢作者现在的小说新作。感人、民间的故事。”

发言者一水玲珑，媒体从业人员，编辑或记者，或许是买了我的某本散文，所以留下几句评论。马上，我认该人为知音了。尽管，我不知他姓甚名谁，家住何方。

瞥见有人入住我用文字营造的世界，且住在云深处，登高望远，把我最近一两年来的文字看得明明白白，我能不生欢喜心？

一时兴起，那日，我拎着自己的名字，搭乘Google和Baidu俩特快专列，满世界里乱窜——在虚拟的网络里——寻找陌生人，对我的文字评头论足的陌生人。

谁的新浪博客写道："……2 期还有我为蔡成的文章《斑鸠，斑鸠》配的插图，那篇文章，我实在是喜欢得不得了。"我立刻找《斑鸠，斑鸠》插图。哦，这个陌生人是丛威？画家？

同样关于《斑鸠，斑鸠》，有人在我的天涯博客留言："我是个学生，我很欣赏你的文字。第一次看你的文章是在《读者》上，叫《斑鸠，斑鸠》的那篇。我感觉真的是篇好文章，但好在哪，不知道，说不出来，就是觉得好。"

去读者网论坛，见到某某说："看原创是我休息时不可缺少的阅读。它带给我的不仅是感动，还有与作者的共鸣。喜欢蔡成的文章，写得那么感人。喜欢雪小禅的文章，那些简单而平凡的叙事文让我很喜欢。喜欢安宁的文采，喜欢刀口……他们的文章让我感觉到了那种久违的熟悉。"话中的"原创"指的是《读者》"原创版"。离开中国到澳洲生活头一两年，我少有动笔；一动笔，力争以此处为"巢"。

《读者》"原创版"博客，我亦溜进去探头探脑一番。《巴东的"一夜情"》后，数百人跟贴。逐个看完，自己对自己叹口气：不枉我爱"巴东"一场。

其余，一些报纸，一些杂志，一些图书网，也有拿着我的名字说三道四的。读来读去，不外乎一些图书评论，与"表扬信"无异。我不求单位的高级职称，也无意拿学校的荣誉证书，这类表扬稿，免提罢。

凡牵涉我的名字在内的指点，眉毛胡子一把抓后，挑挑拣拣，最喜的，是俩词："民间，感人。"

此"二兄弟"，实乃我时下笔头所奔走的方向。

追求"民间版本"，是为了记录真实。小说和故事是虚构的，但我偷偷努力着，力求在虚构的文字里凝固我所亲身经历过的时代的影子。

追求“感人至深”，是为了养育柔润的心。干旱、冷漠是当今世界最时尚的词语，我忧己心也成草木不生的荒凉之地，故时刻不忘放眼四望，寻找身边那些最能触动我内心深处仅存的几许温情的人和事，再落笔，希冀让更多人共鸣。

此外，同是追求“民间与感人”，我笔下的每篇文字，我总是尽最大努力，让它们各有各的面孔——采用或忧伤，或欢快，或清新，或压抑，或怪诞的述说方式展现在读者面前。

现在，这些文字聚首于本书了。这些忧伤的、欢快的、清新的、压抑的、怪诞的文字，有一点相同：都是情事。不过，不满足于男欢女爱的情，不满足于花前月下的爱。这些情，这些爱，更广，更深。

牡丹亭上，有人在唱：“良辰美景奈何天，赏心乐事谁家院？”良辰美景，是我用笔布置在院内的景致，而实则每一桩赏心乐事，皆是在闲谈院外的风月——说巴东和金花，我在道贫困；说松山和阿秀，我在道战争；说苗远和妙果，我在道人性的追求……

一句话，说东，实道西；说虚，实道实——当然，谁人读罢这些文字只关注东和虚，忽视西和实，也行；道行深者——像网友一水玲珑，捡到一个好看的罐子，瞧出罐子里的民间春秋，更妙。

既然又扯到一水玲珑，且再引用他的话：“我是因为看《读者》喜欢上作者蔡成的文字，才买了书。这是我第一次读蔡成的散文，这应是作者的前期作品。嗯，相比而言，更喜欢作者现在的小说新作。感人、民间的故事。”

稍揣测字里行间，很显然，一水玲珑买了我的某本前期散文作品，觉得不够意思，不够劲，他期待着我的感人、民间的故事。现在，我把《此生只爱一次，好吗》捧出来了。倘某日，一水玲珑与之劈面相逢，他应当会觉得够意思，够嚼劲。因为，《此生只爱一次，好吗》呈现的虽是纸上风月，但感人，且很民间。

2018 年 2 月 25 日于悉尼

第一章

DI YI ZHANG

我爱你，以我独有的方式

水滴石穿

9 楼的“满天星”和 21 楼的“阳光地带”联欢，陈水没去。

两家广告公司进行联欢，是因为超大楼盘“海天一色”卖得太火了，投资该地产项目的公司老总一兴奋，提前将所有广告推广费付了个一干二净。“海天一色”的广告推广业务，正是满天星和阳光地带这两家公司合作完成的。

联欢地点是凯丽莱酒店，时间是晚上。陈水的二姨从长沙来深圳，飞机降落的时间是晚上 9 点 20 分。陈水 6 岁时母亲死后，由二姨养大。陈水做出了正确选择，舍联欢，接二姨；尽管，当中学老师的二姨根本不用接机也能轻松找到深圳莲塘。陈水的家，在深圳莲塘。

第二天早上才进办公室，同事老张拍陈水的肩，漫不经心说：“阿水，昨晚你没去，害得楼下满天星的小石一个劲问我为何你没去，小石一个劲夸你呢……”

陈水一惊，又一喜，老张后面的话就没进到耳朵里去了。

陈水正暗暗喜欢着小石。

陈水早在注意满天星公司的小石了。托了满天星公司在 9 楼，阳光地带公司在 21 楼的福，陈水偶尔能和小石同坐一趟电梯上楼下楼；更托了两家公司是同行，而在推广“海天一色”项目上团结合作并肩作战的福，长达半年的时间，陈水与小石抬头不见低头见。

陈水想方设法向小石套近乎，献殷勤。小石却除了工作上的交流，多一句话都不愿砸给陈水。怪只怪，陈水太矮小，他才及人家小石的齐耳根高。小石身材修长，皮肤白皙，气质好得盖帽，打深圳最有名的步行街华强北路走过，回头率少说也达到了 99.999%，比纯金还多一个“9”哟！

陈水暗想，原来小石也喜欢我，否则，她哪会留意我，哪会关心我没去参加联欢？她还一个劲夸我……陈水的心里立刻波涛翻滚了，他差点没冲下楼，蹿进满天星公司捉住小石的手问个青红皂白。

整个上午，陈水上班是身在曹营心在汉，尽想小石的美丽倩影，娇颜笑语。陈水在内心下了结论：小石铁定对我有好感，至于一见面却冷冰冰，都怪女孩脸皮儿薄。

中午，去巴登街的食府吃饭。陈水眼睛乱转；功夫没白费，很快捕捉到小石的身影了。陈水几步蹿过去，打招呼：“小石，我二姨从长沙来，带来好多腊肉，挺香的，你想吃不，给你拎几条咋样？”

小石依旧冷冰冰，头都没抬：“谢了，我从不吃腊肉。”

8 个字，干净利落地打发了陈水。陈水有点尴尬，自讨没趣，再次掉进了冰窟窿。陈水脚步慢下来，转念一想，继续热情高涨——陈水想起同事老张的话了。

陈水在心里恨恨地琢磨。背地里使劲夸我，关心我，当面却摆高姿态，呵呵，小石你死要面子活受罪。

陈水问二姨："有个女孩，同行，不是我同事，是我们公司楼下另一个公司的员工。我们共事了将近半年，工作上沟通得不错。和我在一起，却从没个笑脸给我，但是背地里，她却悄悄向我同事打听我，关心我，反复夸我……你说，这女孩是不是喜欢我？"

满心高兴的二姨当场给出肯定答案："对，肯定喜欢你。"二姨鼓励陈水继续高歌猛进，奋勇追击。

陈水更高兴。其实，他无须从二姨口里讨答案的，他将同事老张转述的几句话颠来倒去上下求索千百回了，得出的答案只有一个：小石喜欢他。

前途是光明的，道路是曲折的。信心十足的陈水暗暗发笑，嘿嘿，我看你小石要考验我到几时，不就是道路曲折嘛，我排除万难也要让天堑变通途！

陈水一如既往地见了小石就靠近去，热情洋溢地问寒问暖，想方设法地展开攻势。可再攻势如潮也没转机，小石一如既往的冷冰冰。

热脸贴到了冷屁股上。陈水有点恼，但一想到老张传达的"精神指示"，立刻扔掉垂头丧气，抖擞起精神来。他毫不泄气地继续前进，风雨无阻。

也没什么新的花招。反正是天冷了，送温暖；天热了，送清凉。不花钱的，全是用嘴巴送来送去——不是陈水小气，陈水其实也想破费给小石表示点什么。他想过，哪怕自己整个后半生省吃俭用，提前挤出钱来买半套房子送小石也愿意啊，可人家小石不会接受呀——陈水去西藏旅游，曾千里迢迢带回来一串据说在布达拉宫开了光的佛珠送给小石，小石终于接了。但她当即从兜里掏出500元钱，塞给陈水，还问:“500元，够不够?”

阳光地带和满天星两家公司的人都知道陈水在狠劲追小石。真是当局者迷，旁观者清啊：太阳又不会从西边出来，小矮个陈水能追到公主一样高贵的小石？不，错了，只能说是二分之一的当局者迷，那就是陈水一个人陷在迷糊里，小石的心明镜一样。

不过，两家公司的人都不曾嘲笑陈水是癞蛤蟆想吃天鹅肉：深圳真真正正是国际大都市，与国际接轨了，人人都懒得去管他人的事。陈水，自得其乐地孤军奋战，一往无前地追求小石。

究竟始于何时何地，没人进行精确记录——先是满天星公司的人狐疑起来了，接着是阳光地带的同事们有所察觉。大家都看到一个不容忽视的事实：简直是晴天霹雳呀，小石和陈水，不时有说有笑走在一起呢!

他和她之间，难道有什么破土萌芽了?

尽管，有了一定时间的铺垫和缓冲，等到陈水和小石将结婚请柬送到各自的同事手上时，面对的，仍然统统是突起的金鱼眼！连阳光地带公司最八卦的刘莉莉，也硬是将眼睛鼓成了两颗硕大的“美国提子”!

太阳怎么从西边出来了？太阳竟然能从西边出来!

小石挺不好意思地红红脸，答:“我也不知道啊，我真的不知道。”想想，再想想，端出来俩成语，“也许是潜移默化和循序渐进吧。”

陈水也能耐不到哪里去，面对大家惊诧地追问他将小石拖上“贼船”的方式方法，他摸着后脑勺，答:“可能是水滴石穿吧。”

陈水说完，马上觉得自己的答案不全对，他将同事老张扯到一边，悄悄说:“谢谢你啊，我真该好好地谢你。”

老张糊涂:“谢我？干吗谢我？”

陈水嘲笑老张记性太差:“如果不是你告诉我小石在打探我为何没去参加联欢，不是你告诉我小石使劲夸我，我哪会横下心来不顾一切追求小石啊……”

老张皱起眉头想半晌，终于回过神来，恍然大悟地赠送给陈水一个“晴天霹雳”!

满天星公司有两个小石。当初向老张打探陈水为何没去参加联欢的小石，是另一个，满天星公司的市场部经理，男的。那位石经理很欣赏陈水的平面广告设计水平。

陈水一听，脑子里“嗡嗡嗡”响。满天星公司的市场部经理姓石，也很年轻。陈水对男小石当然是一清二楚。可笑的是，当初陈水听老张说“小石”，心思丝毫没往男小石身上想，却只朝自己暗恋的女小石身上奔。

哭笑不得的陈水呆立一分钟，很快再次堆起了满脸笑。他使劲握住老张的手，拼命晃:“谢谢，谢谢，太谢谢你了。”好险哪，如果不是因了老张的话，陈水绝对早打退堂鼓了，或干脆按兵不动——在深圳特区，“爱的插曲”遍地丛生，繁花似锦，但真诚的爱情却几乎成了稀世珍宝，如果不是从老张的话里看到“曙光”，陈水真的不敢肯定自己能坚持追求小石，追啊，追啊，一直追了两年零三个月……

陈水和小石虽先前在各自的同事面前公开了几个成语，将双方由形同陌路“进化”到百年秦晋，归功于水滴石穿、潜移默化、循序渐进，可陈水和小石的婚礼上，宾客们还是叫嚷着，非要双方坦白恋爱经过，公开爱情秘诀。

得意扬扬的新郎官——陈水，主动包揽了重要发言：“我的美如天仙的新娘子，好比是一块富含碳酸钙的顽石。如何让一块顽石融化呢？持之以恒的火热高温是最佳办法！以100℃、1000℃的高热不断地温暖它，温暖它。嘿嘿，最后哪怕只轻轻淋上一杯水，曾经有颗坚硬冰冷之心的顽石，也会瞬间土崩瓦解，彻底融化于水的温柔怀抱……”

满堂欢笑。热烈的掌声，全送给了一杯温柔的水。

情感点评

因为偶尔，因为误会，男主人公开始出发，追逐心中的挚爱。历尽艰辛，终滴水穿石，柳暗花明。这“咬定青山不放松”式的爱，也是万千爱情中之一种吧。它算不上最美的爱，但绝对是最值得叫好的一种。

我爱你，以我独有的方式

阿宽宰了十三姨心爱的宠物狗，煮了吃光了。事情败露后，阿宽厚颜无耻地向十三姨讲道理："要知道，十三姨，人们喜欢狗的方式是不同的。"

这是港产电影《黄飞鸿之狮王争霸》里的一幕。这部影片马达看过三次了，奇怪自己每次都忽略了阿宽的狡辩。这天在电视"星夜佳片"里重温旧影，忽然就多出会心一笑。

马达想起小米了。

小米说过一番话，与阿宽的"爱狗方式不同论"接近。马达疑心，小米是偷师阿宽，不经允许私自克隆的。

小米是马达多年同乡兼多年同窗兼多年好友的妹妹。

小米长得美，是那种走在大马路上，路人侧目相看，一不留神就会招惹正常男人想入非非的美。小米刁蛮，她哥和马达一致认为，小米比全智贤更适合主演《我的野蛮女友》；小米爱买新衣服，爱吃美食，爱玩刺激的游戏，不管兜里有钱没钱都爱逛商场，她居然还爱当媒婆——小米不是热衷于给任何人做媒，而是就爱给马达一个人牵线搭桥。

小米大学一毕业，就揣着她哥哥的“介绍信”来深圳投奔马达了。

要说呢，马达认识小米她哥那天起，就认识小米了，而她向马达展示的“介绍信”的内容直叫人掉眼珠子。简单，就一句话：“老大，不管山有多高，路有多险，你务必照顾好小米！”末尾，签着小米哥哥的名字。马达左看右看横看竖看，都无法排除此乃小米亲自操刀鼓捣的嫌疑。

看在恶狠狠的介绍信的分儿上，马达恭恭敬敬请小米睡他刚买的“法兰西宫廷床”，自己窝在沙发里打鼾；马达请三朋六友下馆子喝酒，“祝酒词”是祝诸位以最快速度为他的非嫡亲妹妹小米找到好工作。

小米占有马达的床只一周，走了，去一家德国人开的公司当翻译。

工作是小米自己找的，她牛气十足地说，自己往德国人面前一站，笑一笑，再笑一笑，光荣的工作岗位就到手了。

自此，小米踏上了给马达介绍女朋友的金光大道。

Saly 是小米推荐给马达的 1 号女友。

Saly 是歌手，在东莞各大歌舞厅跑场，一个晚上要赶三四个地方的演出。小米上班不到一星期，就把 Saly 吆喝到深圳来玩。

小米如此介绍 Saly：“Saly，我的高中同学，好朋友。女，芳龄 21 岁，体重 92 斤，身高 1.63 米。相貌甜美，性格温柔。歌唱得比玉米棒还棒，和香港明星万梓良、龙方同台表演过……”

小米如此介绍马达：“我哥的老大，也是我的老大，男……心底比蜗牛还柔软。”

介绍完毕，小米嘴里蹦出一句：“Saly，做我嫂子吧，我啥都不缺，就缺个好嫂子。”

马达大嘴圆张，Saly杏眼圆睁。有这么当媒婆的吗？不分青红皂白突然袭击，吓掉人家的魂咋办！

万幸，Saly对马达印象不错，马达呢，也以迅雷不及掩耳之势爱上Saly了。不对，不能说“爱”，先该说“喜欢”。

Saly长得漂亮，气质和她唱的歌一样，也是比玉米棒还棒。马达开始追求Saly了。东莞离深圳近，一逢周末，马达就打车往东莞奔。

恋情进展到拉手步骤时，小米忽然跳出来喊：“不行，万万不行，赶紧悬崖勒马。”

马达茫然。

小米摆事实，讲道理——据可靠情报，追求Saly的大款富豪不少，Saly不止十次接受款们豪们的数额惊人的小费了……小米的思想政治工作做得很细致：“Saly在校时千真万确是清纯如水，目前人也不坏，可娱乐场是个大染缸。Saly现在大大方方随随便便接受豪们款们数百上千元的小费，往后诱惑节节看涨，她十有八九也拒绝不住……要知道，豪们款们都不是蠢货，才不干肉包子打狗有去无回的事呢。”

马达好一阵思前想后，又在小米的亲自带领下，事先没给Saly发通知，而是偷偷摸摸去实地考察。果真见到Saly笑吟吟地与款们豪们周旋，来者不拒地接受小费。马达心里酸酸的，撤退了。

小米充当天使，对马达说:“天涯哪个破角落没芳草哟，你等着，赶明儿我就给你弄个更上一层楼来。”

果不其然，日历才翻过去3天，周六，小米一如既往跑来马达家白吃白喝，顺便领个美女来了。

小米隆重推出阿静:“刚来我们公司的大学生，漂亮吧，小脸蛋好看吧，身材一级棒吧……人家刚来公司就给德国人当秘书呢，四肢不够发达，头脑却好灵活。怎么样，当我嫂子绰绰有余吧。”

阿静的脸涨得红似火，挥舞起小拳头追着小米揍。两只小燕子在屋里乱飞，飞呀飞，碰翻了马达书桌上的一尊汉白玉鲁迅像。鲁迅像落地，顷刻间少了只耳朵。阿静刹车，神情急慌慌，小嘴一张，吐出一截小舌头。

马达看呆了。别有一番滋味的美啊，小脸蛋，小嘴巴，小舌头。袖珍型美女!

没费什么周折，马达又飞快地喜欢上阿静——《诗经》里是这样宣扬古典爱情的:“窈窕淑女，君子好逑。”马达真是个君子呢，一看到窈窕淑女，心里就忍不住洪湖水浪打浪，喜欢得不得了，立刻扬起风帆，奋起直追。

马达对小米严重警告过N次，明明白白告诉她，谈恋爱是两个人的演出，拜托她不要时刻像个特务一样跟在他和阿静屁股后头。

小米无视马达的抗议。马达和阿静逛街买衣服，她跟着；马达和阿静去吃江西瓦罐吃四川火锅吃日本料理，她挤过来硬要分一杯羹；马达和阿静去世界之窗去欢乐谷溜达，她更要横插一杠子……

背地里，小米言辞铿锵:“老大，你要清楚，我不是热心于当电灯泡，而是在为你的爱情把关。我不是一个为点蝇头小利就积极出动的媒婆，而是一个脱离了低级趣味，责任心特别强的媒婆……”

呜呼，救命啊！聆听了小米的一番话，马达差点亲自动手，打脱自己的门牙和着血囫囵吞下肚。

小米的责任心果真强。马达与阿静交往一个月零七天，小米跳出来替他狂踩急刹车了。

小米说：“老大，你做个实验吧，下次和阿静出去逛街和吃喝玩乐，你别急着掏钱嘛……”

马达听不懂。

小米骂马达笨：“笨到天花板了！我跟踪追击你们这么久了，得出一个斩钉截铁的结论——阿静是个铁公鸡，不对，是铁母鸡。谈恋爱是两个人的集体行动嘛，干吗她永远不掏一分钱，而且吃喝玩乐购东买西，总是选好的，却又等着你掏钱包……”小米总结道，“别看阿静年龄小，人也长得小巧，很可能她是表面上与你恋爱，其实骗吃骗喝骗甜头。”

马达生气了，吼小米：“我非韩信，你何苦急着当萧何！次次都成也是你，败也是你啊！”

小米看马达发脾气，不恼，还在兴致勃勃继续出馊主意：“老大，赶明儿你喊阿静去逛商场吧，她绝对会相中至少两样东西，然后要营业员开好票据，等你去付款，你不付款试试，看她还理你不……”

马达深信舍不得孩子套不住狼，可小米的话钻到脑子里，折腾得他当晚就辗转反侧老不去见周公。他决定使出小米指使的撒手锏了。

呜呼呀，哀哉呀，果然！阿静看中一个最新款苹果手机，想换掉手上的旧货。她等着付款，马达硬着心肠没让她如愿后，阿静当场变了脸色，当即放弃换新手机。这次约会，阿静始终赠送马达一张冷冰冰的脸。

隔了一周，阿静要马达陪她去买飞机票，当飞机票亮到她手上，牢记小米交代的马达再次狠着心无动于衷。原本等着马达付款的阿静无可奈何只好亲自掏了钱。

形势飞流直下三千尺。果不其然，既是意料之中，又是意料之外，小米打电话来，向马达传达他“失恋”的消息：“阿静要我转告你，她觉得和你性格不合，难走到一起，决定与你划清革命界限……”

小米对马达的失恋表示深切的关怀之后，又表达了隆重的祝贺。还没完，特地请他到“巴蜀风”饱餐了一顿。碰杯时，小米劲头十足。她口头描述了一位新人：“这个女孩啊，和当年的《红楼梦》里演凤辣子的那个啥啥啥演员简直一个模子刻出来的。凤辣子，老大你知道是谁吗？”

马达没喝醉，点头如捣蒜，知道，不就是张国立的老婆邓婕嘛。那时候的邓婕正年轻正漂亮呢。马达真诚地对小米表示感谢，如果能找个盗版邓婕做老婆，好啊。山外青山楼外楼，好啊！

空炮，盗版邓婕小米没领来给马达过目。小米自己先一票否决了。小米的理由非常强大：“老大你是南方人，爱吃米饭爱吃辣是你的天性。人家凤辣子是北方人，不喜米饭喜面食。你们俩，南北界限太分明，井水难犯河水……”顿顿，小米又开始和风细雨地安慰人了，“老大啊，你放心，我手上的牌多的是，再介绍一个，说不准就是张王牌。”

马达求饶了：妹子啊，求求你了。别折腾哥哥了，我被你折腾得严重丧失信心了。

小米不依，先是教育人：“再介绍人，你甭管啥人，你就死马当成活马医嘛。”转眼，又恳求了，“老大啊，哥呀，亲爱的哥啊，给妹子最后一次面子，好不好？”

马达决定给小米最后一次面子，与婷见面了。这次，太阳出来红艳艳，破天荒成功了。

马达与婷开始紧锣密鼓准备婚礼了。

照婚纱照那天，小米负责拎裙摆，手没闲着，嘴巴也没闲着，絮絮叨叨给马达算总账：“媒婆的功劳大大的，我也不贪心。两双鞋子，牌子我不管，外国货就行。外加两筒安利蛋白粉。前者是安慰我的脚，我一再给老大你跑腿保媒，双脚早抗议了。后者是慰问我的嘴巴，当红娘不容易，口水丧失太多，口水含有丰富的维生素ABCDE啊，要补充一下才成。”

马达还没表态同意否，小米又涨价了：“最好还送一条珍珠项链，一套喜色的名牌套裙。老大你想想，你的婚礼上，我是铁定的伴娘，伴娘穿着打扮不光鲜，丢的可是你新郎还有你的宝贝新娘的脸……”

婷其实也是小米的同学，大学的，可她对小米多次为马达保媒未遂并不知情。听小米吐出“一再”二字，立刻咬住不放，软硬兼施，要小米替马达忆苦思甜，抖出马达的惨痛“罗曼史”。

或许是为了表功，小米和盘托出了马达的情史老底。身世清白的马达懒得阻止小米满嘴跑火车，添油加醋胡说八道。婷却渐渐露出奇怪的表情，忽然抓住小米的胳膊，问：“小米，其实，你很爱很爱老大是吧？”

小米张口结舌，哗啦啦，此时无声胜有声——连小米的耳朵根都转瞬就像煮熟的虾米，红上红。

到底是女人心，一针见血，只一把，就揪住了小米肚子里翻来覆去的几只“小蛔虫”。

小米没有狗急跳墙，很镇定，深呼吸三下，不看马达，不看婷，眼角明明白白湿漉漉的，张嘴就坦白从宽，说话居然不结巴，口齿相当清晰：“是啊，我一直爱老大。老大第一次到我家找我哥玩，我就喜欢上老大了。”

婷的脸惨白，轻轻问：“那你干吗不想着自己嫁给他，却不辞辛苦忙着给他介绍女朋友？”

小米脑袋一扬，又恢复常态原形毕露了：“人贵有自知之明嘛。”小米掰着修长的手指说，“我这人四体不勤，五谷不分，贪吃贪玩不爱劳动，刁蛮无礼，喜怒无常……我爱老大，可百分百没法给他带来幸福，只能给他的生活添乱子。嘿嘿，如果让我为了爱，忍痛彻底抛弃自己那一大堆乱七八糟的‘优良传统’，我可不愿，不能。所以，还不如下定决心不怕牺牲，排除万难，给他身边安插个好老婆。瞧，多好，省心，放心，安心……”

发表完长篇大论，小米的声音陡然低了八度，轻轻地，如耳语：“要知道，每个人爱人的方式是不同的。爱一个人，不一定非得占有他。帮助他幸福，看着他幸福，够了。”

情感点评

幽默风趣的文风，给人带来轻松愉悦的阅读体验。欢笑之后，才知故事的内核不是浅薄的搞笑，而是告诉我们最深的爱，不是非得占有他，而是帮助他去拥有幸福。

高天上流云

窗台露出半截脑袋瓜，陈东往那瞅，脑袋一低，不见了。

继续上课，脑袋又偷偷浮上来……如是者四五，陈东的心乱套了。走近窗，探头，没看到脑袋，只看到背影。瘦瘦小小的背影，落荒而逃。跑不远，摔倒，爬起，慌慌张张回头，虽然没人追，可她继续急跑。

是个女孩，眼睛是大还是小呢，没看清。

隔日下午，文老师在教室领孩子们咿咿呀呀唱歌，拎把野菜回校的陈东又见那女孩趴在窗台上。陈东站稳，轻轻咳嗽。女孩回头，嘴巴大张，估计吓傻了，半会才“唉”一声，想溜。陈东一伸手，已扯住衣领。

“你叫什么名字?”那圩学校没办公室，陈东将女孩领进宿舍。

陈东和向老师住一起。宿舍还兼学校体育用品房，捐赠来的篮球足球羽毛球乒乓球堆满屋角。这是间陈旧的木头房，向右倾斜6

度。真的是6度，负责教数学的向老师用量角器测过。

女孩不作声。她的左手藏在身后，身子在抖。

陈东微笑，手搁在她肩膀上，说："别怕，跟老师说，你干吗不来上学？"陈东本无意，却看清女孩的左手了：手腕曲向内侧，红伤疤很醒目，大拇指食指直挺挺张开站立，余下三指攥在一起，紧贴手掌。

女孩叫韦流彩，11岁。

陈东去流彩家。

陈东没觉得意外，只见房子破烂不堪，两间屋，一间卧室（厨房也在卧室内），一间牲口棚。陈东又觉得意外，入屋内，光弱，却分明可察觉里面整洁干净。牲口棚里立匹马，吭哧吭哧嚼草。草有点零乱，但棚内肯定打扫过，不显脏。马毛光亮顺溜，一匹好马。

一路上，流彩的小手始终拽紧陈东的大手。现在，流彩跳开去，屋里屋外屋前屋后大喊大叫："姐姐，姐姐。"

姐姐终于出现了，手上握锄，脚步匆匆，身后的辫梢随身子的起伏敲打腰身。陈东心里暗香浮动，多年没见过这么长这么油亮粗壮的辫子了！他曾经的大学女友，也有这么好看的辫子。

"流云，你好。"流彩早公布姐姐的名字了。这名儿好。陈东自我介绍，"我叫陈东，是那圩学校新来的支教老师……"

流彩的话不全对。原来，她并非真的只一个姐姐，再没其他亲人了。流云还有个哥哥，去广东肇庆打工，和当地一个女孩结了婚，小两口回过那圩老家一次，之后再没音讯。

流云低头，不敢看陈东，仿佛犯错误的学生。流云说话，声音像温柔的小羊羔："我没办法……"

这是大实话。流彩刚3岁时，爸爸就死了。妈妈病了好些年，花光流云在广东打工3年多省吃俭用挣的钱，没治好，前年某月某夜，拖着只剩70多斤的身子从家里爬出门，找棵歪脖树，用根绳子，偷偷死了。

流云说："我本来想，若逢上好雨好风，玉米能有好收成，卖出好价钱，我就送妹妹去读书……"

话这么说，流云的心里其实不这么打算，她的心里悄悄埋着一个只让自己知道的计划——今年她不单给自家地里全种上玉米，还包了村里几户儿女进城打工的留守老人的地准备种玉米。她每天向天祈愿风调雨顺，能有好收成，她想攒到足够的钱，先送妹妹去城里医院，把妹妹的手治好后再送她去读书。流云不想，特别不想，学校里那些调皮孩子给妹妹喊外号"瘸子"。

陈东质疑，牲口棚里有骏马，妹妹的学费却没有？

流云脸红，脸红的姑娘比不脸红时更好看。流彩说得没错，她姐姐真的是那圩最美最美的姐姐。

流云解释，那是别人家的马，她帮人家养。因为，她家没牲口，收玉米时，得借人家的马驮玉米回家，还得借人家的马驮到集上去卖玉米。

陈东说："让流彩明天来上学吧，我帮她向学校申请学杂费全免。流彩聪明，没进过一天学校，认识的字不少，加减法也会不少。不读书，太可惜。"

流云想说，这是因为她一直在教妹妹。她读过三年书，去广东打工又跟厂里要好的小姐妹们学了不少东西。话到嘴边，却成了另外内容："老师，我不要免妹妹的学杂费。要不，我欠着，给您打欠条，等玉米换了钱，再还……”顿顿，她认认真真问，“老师，您说，我妹妹去读书，她同学会嘲笑她的手吗?”

流彩的左手，是3岁多冬天跌到火塘烧伤的。没钱治，土办法抹泥灰，结果皮肉连一块儿，长不舒展。这小小残疾其实不难治，动个手术就能解决。可没钱，在那圩即便再大的病也只好听天由命。

流彩读书了，流彩珍惜来之不易的学习机会，特别努力。期中考试，流彩得了班上第三名。

陈东与向老师商量，与文老师商量，决定邀请所有家长来参加那圩学校期中考试表彰大会。

陈东的床上摆满鸡蛋，熟的，生的，有6个还涂了红圈圈；又有煮熟的玉米棒子，还有盒缺了一个的月饼。月饼有点霉味，大约“珍藏”时间实在太长……这些，全是家长们送的。

黄美丽的妈妈，拎来一口锅。锅里是热气腾腾一只鸡。整只鸡，香喷喷，喷喷香！黄美丽的妈妈好激动，她家美丽的数学考了第一名!

流云空手，有些尴尬，远远地望陈东，眼神恍惚，想近前打招呼，犹豫又犹豫，没动。

陈东在台上表扬学生:“……韦流彩，语文61分，数学82分，总分第三名……”陈东努力找韦流彩的“家长”流云，总算看到，低头坐角落呢，头半垂着，左手绞右手。

表彰会散了，陈东将家长们送出学校，送了好远。转身，准备回空荡荡的学校。路边闪出一个人，是流云。

流云说话，眼睛却不看陈东:“陈老师，我没什么送您。我……我给您唱支歌吧。”

起始，声音低低，继而往高里走，愈来愈高亢："高天上流云，有晴也有阴……"流云爱死这歌，自从打工时学会，常练。

唱得真好听。陈东想告诉流云，你很有天赋，又聪明，如果能学声乐……这些话，陈东自个儿想想而已，没开口。陈东清楚，这些全是废话，说了白说。

唱完，流云的嘴张了张，似乎有话要说。不知为何，啥也没说，扭头想走。陈东倒想起有话。"流云，"陈东充满期待的语气，"那些良种玉米长势怎么样？"

流云眼睛一亮："很好很好。"

陈东一直想树立一个因为相信科学而致富的典型和榜样。两个月前，他去德宝县城买了 10 公斤"正大 619"良种玉米送流云。他请流云试着种种这些高产量高品质的良种，百色山区的好多人家居然拒绝种植良种玉米，不信它的高产，只信种了几十甚至上百年产量低品质劣的传统山地玉米。

目送流云远去，陈东回学校，立刻慌乱又羞愧了——藏床底下的大堆脏衣服没了！近日忙，几双臭不可闻的袜子没洗，藏在脏衣服里。更惨的，昨晚洗澡换下的短裤衩也不见了。

再见流云，快期末了。

流云兴高采烈来报喜，玉米大丰收了——良种玉米的产量是传统山地玉米的四五倍，村里乡亲一致请求她明年帮他们买"正大 619"的玉米种子。又见流云收割完玉米，马上在地里点播黄豆，村里有 6 户人家立刻跟着干了，而不是像往年那样让土地荒着。

流云真诚致谢："陈老师，谢谢您的良种玉米，谢谢您教我的农作物套种模式。"

榜样的力量果真是无穷的！陈东的心里尽是欣喜，比流云还要兴奋十倍。长此以往，不怕穷困的那圩，乃至百色就会渐渐富裕起来。陈东为自己的“扶贫新法”得意，“一碗水端平”式的扶贫，还不如重点扶持出一两个榜样来，再靠榜样去带动四周的贫困者踏上致富路。

流云递钱，两叠，一是流彩的学杂费，一是玉米种子钱。

陈东将钱推回：“你能不能买几只小猪崽，你替我们养着。等猪崽长大，其中一只卖后钱给学校，其余的，给你当饲养费。”陈东有心在那圩再树一回榜样——喂猪，不应像家家户户那样仅仅为过年杀了美餐几顿，更应卖出钱来再添生产资料更上一层楼……这些，花尽口舌对乡亲们宣讲没用，还不如请榜样成功操作供人依葫芦画瓢。

流云爽快地应声：“好。”转眼又讨价还价，“小猪长大后，我留一只，其余的都归学校。”

忽然想起一件事，陈东有些不好意思了。问：“流云，你偷偷帮我洗了9次衣服？”

流云吓一跳，脸颊飞快地红云朵朵。“您怎么知道？我妹妹告诉您的？”

陈东没回答。流彩当然没告密，他只不过从衣服上的清香猜测到谁是背地里的“田螺姑娘”。那是金银花的清香。陈东记得，自己有次提醒流云，晒干的金银花在广东的药店卖得很贵，而那圩学校附近的山上随处都见野生金银花。

陈东由衷夸赞：“你扎的鞋垫非常舒服。”鞋垫，正踏在陈东脚下，针脚儿密密的，厚实，软和。鞋垫夹在洗干净的衣服里，陈东当初手捏鞋垫时，脑子里立刻冒出“雪中送炭”的成语。那圩多山多石，渐趋老态的鞋子快被磨穿底了，路面的乱石总是磕脚，生疼。

被人揭穿了“阴谋”，流云难堪，以一阵沉默来打发尴尬。再开口，是个问句：“陈老师，听说您教完这学期就离开，下学期不来了？”

陈东哭笑不得。这几天好多家长心焦地跑来挽留。即将离开那圩学校的人是同样来自广州的文老师，实在忍受不了晚上老鼠和蚊子坚持不懈骚扰而长久失眠的痛苦，决定撤退了。陈东替文老师编了个理由：“文老师的未婚夫一直在催她回去完婚，她只好提前回广州……”

悬着的半颗心踏实了，新的担忧冒出来，流云细声问：“陈老师，您未婚妻不催您回去结婚吗？”

陈东黯然，他当初执意辞去石膏模具公司技术部经理的职务，决心到广西百色来支教一年，与他相恋 5 年的女友跟他分手了。陈东苦笑：“我没女朋友呢。”

两人站在学校门前的山路上，夕阳西下，将一前一后两个影子叠成一人了。流云无语，脚尖去碰路边的小石子，还有杂草。一下两下三下四下，石子翻个身，滚开去。草挺委屈，折了腰，趴地上，流云还用脚尖惹它。

流云今天穿红色平底皮鞋，那是打工时买的，这在那圩少见。她舍不得穿，今天是第四次穿。流云还穿了清清爽爽的白衬衣，白裙子，这在那圩更稀奇了。看得出，流云今天下了功夫打扮。

陈东忽然笑了：“流云，你今天看起来像天仙妹妹哟。”

流云迷糊了，问:“什么天仙妹妹?”流云没碰过电脑，哪晓得红透半边天的美少女天仙妹妹?

陈东说:“那是一个很漂亮的女孩，网上铺天盖地都是她美丽的照片。”

流云羞了，脸先羞红，接着周身热起来。额头冒出浅浅汗粒，鼻尖冒出浅浅汗粒，两腮也不能幸免。密密的汗粒亮晶晶的，仿佛沾在嫩草细细绒毛上的晨露，不淌不流，静静地亮在霞光里。

陈东看得有点痴，半晌，若有所思开口。内容有些唐突，管不了那么多。“流云，你这么漂亮，干吗还没找婆家?”流云 20 岁了，同村和她一般大的女孩，全嫁人生孩子了。追求流云的人何止十个八个，4 年前，就开始有人家托媒向流云求婚，可一听流云非得嫁人就要带着残疾妹妹一起嫁，尽管有太多男孩都倾慕流云的漂亮容貌，但都悄无声息退却了。

流云没回答陈东的问题，眼睛看着自己的鞋尖，说:“陈老师，迟早，您也会和文老师那样，离开那圩，离开流彩，离开您的学生，对不?”

陈东想实话实说，等一年的支教时间到了，他会离开。可他不忍，违心说:“很有可能，我不会走。”稍停顿，又说，“我哪舍得走，我还没教会流彩、美丽、栋栋写日记，还没见到你们全都温饱无忧，富裕起来，我……”后半截话是真的，一个学期的支教生活，陈东舍不得 43 个天真可爱的孩子了，舍不得虽贫困却纯朴善良的那圩人了。

“真的?”流云没有一蹦三丈高，她站好，眼睛盯着陈东，像发誓，“陈老师，我保证，我要成为那圩第一个富起来的人，我还要带领更多人一起富……”

话说完，流云转身跑了。炎夏，漫山遍野尽是山花，流云像洁白的云，在花丛里飞呀飞。顷刻，远远的，有歌声飘进陈东耳朵里来了。“高天上流云……”

陈东真的没走，一辈子都没离开那圩。

新学期，陈东去县城给学生们买文具。前夜下了雨，路滑，搭乘的摩托车冲出路面。山坡不高，不陡，摩托车司机只伤了皮肉，陈东的身子却直直飞出去，头重重地落在一块拱出地面的石头上……

坟墓就挖在学校后面的山坡上，棺材摆在学校的操场上，那是那圩最厚实最宽敞的一口棺材。家家户户都捐出一根木头，有人拆了家里的门框，有人换了房梁……反正，全捧出自家最拿得出手的木头，演变成那圩有史以来最厚重的棺材。

远远近近的，7个吹唢呐的高手，除了那圩的根爷爷，附近这坡、太平、龙角等村寨最有名的吹鼓手全不请自来。一曲曲响彻云霄，哀怨迂回的招魂曲铺天盖地，奔涌而出。

流云的眼睛哭得比桃子还大，她走近那群唢呐手，说：“你们会吹《高天上流云》吗?”

大家面面相觑。等等，一个年轻的唢呐手点头：“我会。”他独个儿吹一遍，其他人就磕磕绊绊跟着吹了。

长长的队伍，男和女，老和少，连狗和马和牛都加入队伍，排成长龙，送敬爱的陈老师。

没人号啕大哭，只有并不整齐的唢呐声，只有流云在引吭高歌——“高天上流云，有晴也有阴。地面上人群，有合也有分。南来北往，论什么远和近，一条道儿你和我都是同路人。莫道风尘苦，独木难成林；一人栽下一棵苗，沙漠也能披绿荫。莫怨人情冷，将心来比心；一人添上一根柴，顽石也能炼成金、炼成金。高天上流云，落地化甘霖，催开花儿千万朵，人间处处春……”

在歌声里，所有的人，默默地，泪湿衣襟。

情感点评

同样是关于支教的文字，作者没有过多去渲染环境的恶劣、土地的贫困、支教生活的凄苦，却用温暖清新的笔触，为我们捧出一个且美且爱的感人故事。尽管，这个美丽的故事在忧伤中落幕。

梁心蓓是块 90 年代的酥皮点心

梁心蓓生于公元 1975 年，属兔。可有人说，梁心蓓是 20 世纪 90 年代的一块酥皮点心。

黄昏，梁心蓓站在桥上看风景，一切就像某首著名诗歌里的细节。

梁心蓓身边的人叫彭乔，简称乔。梁心蓓说：“你应叫小乔。”言下之意，还有大乔。

大乔叫于乔，在陕西宝鸡。

梁心蓓的两个姐夫都是胖子，父母说，胖人多福。于乔也胖，要命的是，梁心蓓说于乔跟她大姐夫长得一模一样呢。按体积排大小，彭乔当然是小乔了。

三国里，大乔小乔各心有所属，如今梁心蓓却大小通吃。

大乔是梁心蓓随父母、姐姐在西北一带做茶叶生意认识的。三年光阴，朝也见，晚也见，日久生情。可梁心蓓一回江南重新读书弄自考文凭时，形势也就变化了。她也顾不得那么多了，总不能凭个高中文凭便行走江湖，总不能在父母身边干一辈子。

小乔，是9岁开始结交，可谓耳鬓厮磨青梅竹马。

梁心蓓完整的话是这样说的:“你应叫小乔，大乔比你胖多了，你咋长得这样瘦呢，非洲饥民一样，咯咯咯。”

已是冬天，梁心蓓穿一件绿色丝绒毛衣配浅浅白花小袄，又披一条红丝巾。绿肥红瘦，唇红齿白。梁心蓓笑得痴，小乔看得呆。暗香浮动月黄昏，小乔的心里何尝不早暗香浮动?

其实本来还有两位青梅竹马，四个人，杨、乔、琼、梁，两男两女，一块长大，一块求学。

幼儿园、小学、中学，一直是抬头不见低头见。四个人都未考上大学，也就各自去社会办的学校胡乱弄个文凭。四个人商量过合伙开家餐馆的，意见统一却发现出资方犹豫不定，出资方是父母，总不能把四对父母拉一块来统一思想。他们只好作罢，各奔前程，但每隔七八九十天总会联系。朋友是老的好，何况这当中还大有乾坤。

梁心蓓收到的第一封情书不是乔写的。是“四人组”里另一位男孩杨写的。密密麻麻，五页。梁心蓓读完，冷笑一声。杨家她倒是去过不少次的，墙壁破旧，光线昏暗。兔子还不吃窝边草呢，而且梁心蓓心里自有比较。梁心蓓把另三位当成知心朋友，共个裤裆也未尝不可，但要没个选择就以身相许，却是太粗心大意了。

梁心蓓把信随意扔桌上了，不料被二姐梁捷看到了，她是个开朗又孩子心特重的人，拿出来在客厅朗诵。没什么，信是长，名人名言也多，但露骨的肉麻话没几句。

那些日子，乔按兵不动。杨一个劲打雷下雨，梁心蓓这边没呼应。杨没趣，掉转枪口。不久，“四人组”里出现了对小情人。杨与琼开始另组“小集团”，两个人出双入对。

乔暗喜，梁心蓓则有些落寞。这时，除梁心蓓外，三位都弄了个社会办学的大学文凭。20 世纪 90 年代的又一出爱情传奇出现，杨与琼不顾家里的反对，双双奔向“东方”。上海终究是发家致富的最佳地方，不弄套房子，杨与琼就永远只能对着婚姻的梦想望梅止渴。

有人出局，形势明朗。很多人说乔与梁心蓓是天生一对。首先是门当户对，梁心蓓是最早下海成功的家族里的小家碧玉，乔是市五金公司老总的公子；其次，毕竟青梅竹马，多年的交情难道就不算青梅不算竹马？再次，男大当婚女大当嫁，二位年龄也不小了……唯一遗憾的是，梁心蓓却大那么几个月，但女大三，抱金砖，何况几个月？更有利的条件是，两人两小无猜，双方父母均冷眼旁观，但肯定没反对意见。

梁心蓓不表态，她不动声色。梁心蓓心中有想法，梁心蓓是 90 年代的一块酥皮点心呢！

乔先开了家摩托车行，销售、修理一条龙，这样梁心蓓姐姐们的摩托车当然有门路了。只是每每梁心蓓去看望乔，望着他一身油污，不免皱眉。到后来，干脆不去了，梁心蓓只在晚上用电话呼他过来某某酒楼某某娱乐城买单。晚上的乔是一表人才的，但梁心蓓依旧不会随意让他亲近。

后来老总父亲出面，乔关了摩托车行，代理了一家来自广东的化妆品牌。这样，梁家的洗面奶、护肤霜就有了着落。反正是老朋友的墙脚，不挖白不挖。

梁心蓓还是不动声色。手倒是拉过的。好不易“四人组”又聚会，杨与琼靠在一起满面绯红窃窃私语，乔与梁心蓓在桌子底下拉拉手。顶多，难得清闲的时候，梁心蓓坐在乔的摩托车后，用手紧紧环抱乔的腰；顶多，在月色朦胧的湘江边或在人声鼎沸的凤凰娱乐城蹦迪时，梁心蓓会在乔的脸上蜻蜓点水地吻一下。但别的得寸进尺，万万不可！

此时此刻，梁心蓓又进学堂门了，她在准备捞一张正儿八经的自考本科文凭。她去了湖南财经学院成人自考中心。这不算怪事，城里人参加自学考试，并非真的“自学”成才，而是进学校一五一十上课，在老师的英明指导下跌跌撞撞过关。学费当然是借父母的，白纸黑字，毕竟已二十五六岁，不可能再由父母无私奉献。幸亏乔的生意还算风生水起，电脑、名牌衣服也就给梁心蓓一样样添置齐全了。

其间，有过插曲，或者更准确地说是花开几朵，各表一枝。

徐举是研究生。1.78 米，上海人。

梁心蓓在湖南财经学院成人自考中心学习时的宿舍与徐举宿舍联谊，采取一对一“互帮互助”，梁心蓓与徐举开始交往。

徐举家在远方，又家境不佳，梁心蓓就时常领他来自己家开荤。而梁心蓓的两位姐夫文凭一为专科、一为本科，长江后浪推前浪，梁心蓓又是家中老小，是父母最宝贝的女儿，有心更上一层楼。况且，学习时难题还是有不少的，徐举是最佳的免费家教。

还有一个李，是邻居，却在珠海当兵。一身橄榄绿，魁梧刚毅。李本是她姐姐的同学，还在高中时代，梁心蓓就一直与他通信打电话，那时那月，对橄榄绿真有份说不明道不清的依恋，第一次拉手与接吻，梁心蓓都奉献给了兵哥哥。而今李复员在家，隔得近，却不能一天一见，相见是要用钞票开路的，来杯可乐也是五元钱，一分钱难倒英雄好汉，李刚退伍，什么都有，就是没钱。

夜深人静，梁心蓓也翻来覆去，毕竟岁月不饶人，女大当嫁，千古真理。梁心蓓问另两个朋友程与卉：“你们说，徐举、李、大乔、小乔，我选谁？”

程说：“徐举学识渊博但潇洒稍逊，李英俊潇洒但家境贫寒，小乔门当户对但才学浅薄，大乔富态华贵但远隔万水千山，选谁？要是我，我就再得陇望蜀，说不定更好的在前头……”

卉说：“要是我，我就选徐举。学识渊博，又有修养，也不乏高大……”

梁心蓓长叹一声：“我也倾向于他，但书生出身，浪漫不够、潇洒全无，最要紧的，我们现在都读书，没工作，没收入，没房子，选他，从零奋斗，有张结婚证书远远不够……”

在社会转过一遭再回学校的女孩就是不同，心思明白，丝毫不含糊呢。

其实，还有个姓王的，但梁心蓓对他忽略不计。

王是广州人，生意不能说呼风唤雨，但梁心蓓对他倒是“一见钟情”——只可惜，不是对人一见钟情，而是对钱一见钟情。

王先生长得有些矮小，粗壮，黑如猩猩。但出手大方，不停地邀梁心蓓去南方几日游或一月游，从最初的呼机到后来的手机，名牌手表另加白金首饰，更别说品牌时装进口化妆品了，万儿八千地送货上门。其实王先生不是什么粗俗的暴发户，王先生写得一笔好字，会一手好电脑技术，是当年的高考状元……

梁心蓓对开门见山呼啸而来的王说:“我们不可能的。”

梁心蓓心里清楚得很，知道对于叱咤商场又有些才学的男孩，你越“铜墙铁壁”，他越战越勇越起劲。

梁心蓓看王将白花花的银两放在她手中，她依旧没心没肺地说:“我们不可能的。”但后来又转个小弯，好像开玩笑，好像说正经话，面对面跟王先生说:“但世事难料，谁就说得准明天的事……”

当然，王先生“送货上门”的东西还是要收下的，毕竟不能扫别人的兴。一收，不知不觉中王先生腰包里的钱便静悄悄从手指缝流向梁心蓓的手掌心……

青山不老，绿水长流，日子平铺直叙地过去。似乎不经意间，所有的风景居然静悄悄地次第告退。一转眼，梁心蓓居然 32 岁了呢。只是，2007 年的年末，天寒地冻的季节，梁心蓓此时此刻竟然依旧孤家寡人。

徐举硕士研究生毕业之后读博士去了。

李在省城开始挣超过五千不足一万元的月薪，他在明知自己没戏的情形下，与别人恋爱，结婚。他的妻子，生下了一个女儿，和大眼睛的妻子一样美。

王先生在一次别有用心的考验后也无影无踪。王的办法很简单。王先生说，他近段生意不行，便暂停向自封的“梁公主”上贡了。这年王先生的生日，他理所当然连梁心蓓的一句生日祝福电话也没接到一个。他哪知道，本来候选名单里就没他的份，只不过看在钱的分儿上，梁心蓓与他装模作样“搭讪”两年有余而已。自然也算是一棒敲醒梦中人，王先生转过身就一去不复返。

陕西的大乔呢，三十而立，单亲家庭的他对母亲言听计从，终于找了个本地女孩，很快音讯茫茫。

剩下小乔……

梁心蓓越来越落寞。自考本科文凭到手，才发觉正儿八经的大学应届毕业生遍地开花，又何处稀罕个自考生，工作没着落，哪里会对爱情提起更多兴趣，也就没能赶在“女人三十豆腐渣”这句老话前找个如意郎君嫁出去。

2008年几月几日，梁心蓓在桥上看风景。梁心蓓身边的人叫彭乔。简称乔，梁心蓓叫他小乔。

小乔说:“我准备11月21日结婚。”

梁心蓓心一抖，到底连最后一个曾经对自己围追堵截的男人也要告退了。她不曾想过，千帆过尽，一将难求，岁月不饶人，谁会死死地啃一块没多少营养的骨头?

小乔说:“我知道你一直想找一个百分百的王子……”

梁心蓓一时哑口无言。高大魁梧、学识渊博、才情横溢、潇洒浪漫、家财万贯、温柔体贴、高学历、高收入……许多词语一时涌上心头。

小乔又说:“可是你忘了，你自己也不是一个百分百的公主……”

梁心蓓心头一惊。

梁心蓓出身于小市民家庭，但自小却总有错觉，认定自己前辈子是公主，这辈子继续着公主梦。

千帆过尽了，不觉间已面目全非。红尘中朱颜易逝，爱情其实也在时过境迁。你遍撒大网，放眼四海，收网时原来一条鱼也没有，一不留神可能收获的仅仅是一只海螺的空壳……

说过，记得否？有人说，梁心蓓是一块90年代的酥皮点心。

食谱里讲：酥皮点心，微火烘烤而成，色香味俱全。内空心，外松软，吃之，外皮面屑易落，飞扬有如雪花。老少咸宜，均喜食，尤以年少者为最。多食易上火伤脾胃。易变质腐烂，宜置于阴凉干燥处，久之色异味无存……

有谁见过，一块腹内空空的20世纪90年代的酥皮点心，搁置久了，还有人视为珍宝？

情感点评

再一次，发现作者表面功夫是用笔细心绘制一个人的情感足迹，实则，旁敲侧击地过问日渐严重的社会性问题——太多人沉浸在自己编织的公主梦和王子梦里，不肯醒来，最终，不知不觉中沦为“大龄未婚男女”，成为被爱情遗忘的角落。

藏你在心底66年

他是个外国老头，黑种人。她是个外国老太，白种人。

他和她，坐在花坛边。

2006年澳大利亚春末的明媚阳光，将他们身后的悉尼Blacktown的老人院两层小楼的影子拉得很长。离他们10步开外，我就清清晰晰看到了，他在说着点什么，嘴巴不停地动；她的眼角，还有嘴角，挤满了笑。

我微微倾身，说:“我叫Kevin，新来的义工。我能分享你们的快乐吗?”

老太没有反对，一缕风跑过来，拂起她鬓侧的雪白发丝。她的脸上，始终保持着无限欢欣。老头看着我，轻轻点头:“我在讲述我对她66年的爱，你愿意听吗?”

没点头，也没回答，我只是安安静静搬来一把椅子，正对着他和她，坐好。

“我是苏丹人，1940 年坐船到澳大利亚，最初的落脚地是塔斯马尼亚岛。很巧，我租房的旁边就是汉娜的家……”兴致勃勃讲故事的老头忽然踩了刹车，他挠挠后脑勺，面呈歉意，“我忘了介绍我和她的名字了。我叫约书亚，她叫汉娜。”

“汉娜一家是我的邻居。从住到塔斯马尼亚第一天起，我就认识汉娜了。可是，她不认识我。那时，我只有 13 岁，和我的爸爸，叔叔，还有坐同一艘船从苏丹逃到塔斯马尼亚来的凯文一家合住在一起。汉娜比我大一岁零两个月，那时她 14 岁了。她正在学骑自行车。我记得她的自行车是红色的。汉娜骑不好，老摔在草地上，可汉娜从没摔哭过，每一次，我都听到她咯咯笑，看到她爬起来，扶起自行车继续骑。汉娜的哥哥，跟在自行车后面跑，教汉娜骑车……”

“汉娜从没发现我，我却总能看到她。我躲在她骑车的草地旁的树后，伸出脑袋，悄悄看。我知道，我的脸是黑色的，我的手是黑色的，我的脚是黑色的，我全身都是黑色的。而汉娜，白白净净，眼睛又大又圆，她的头发金黄金黄，好长，风一来，就飞得高高。”老头举起右手，比画了一个手势，“你看，有这么高。长头发在风里荡来荡去，你能想到的，那有多么的美。真的，实在太美了！”

“我对自己说，她是天使，是真正的天使。我是黑种人，是从苏丹逃出来的难民，我怕我从树后面走出来，会吓坏汉娜。只用了 6 天，汉娜就会骑车了。她飞快地踩着自行车，像一阵风卷过去，我仍旧躲在树后，痴痴望。风将她的一串串笑声全部送进了我的耳朵里，风还将她飘来飘去的金发全部送进了我的眼睛里。偷偷地，一个人，我对着树洞一遍又一遍说：我爱汉娜。汉娜，我爱你。我爱你，汉娜。

“汉娜搬家了，在她16岁那年，她们全家搬去了墨尔本。我对坚持留在塔斯马尼亚岛谋生的爸爸和叔叔说，我已经15岁了，已经长大了，应当自己出去闯天下。不顾爸爸和叔叔的坚决反对，我出发了，只身来到墨尔本。我不知道汉娜住在墨尔本哪条街哪幢房子，可我对自己说，我一定能够找到汉娜。

“我找了很多工作，可是都只干了三五周，甚至仅仅几天，最多的有两个月。直到我进了一间鞋店，我才安定下来。这时，我已满16岁。我暗想，汉娜那么美，她肯定和其他漂亮女孩一样，同样喜欢打扮，那么她迟早有一天会走进鞋店来。尽管那时我还没信主，可每天晚上，我不停地向上帝祷告。请求上帝明天早上就将汉娜送进鞋店来，让汉娜从我手上买走一双最美最美的鞋。上帝终于听到了我真诚的祈祷——有天早上，我刚上班，一个熟悉的身影闪进鞋店来。天哪，我快要晕过去了。那真是我日思夜想的汉娜！我拼命用手撑住墙壁，才没倒下。可是我很快又急得当场要哭出声来，因为，汉娜的手紧紧地挽在一个高大小伙子的胳膊弯里。那个小伙子，有一头卷卷的金发，和汉娜一样，他也有着白净的皮肤。哦，汉娜，她恋爱了！汉娜从店里买走了一双鞋，听得出，她很满意那双鞋——我居然不敢面对汉娜，只好赶紧躲进鞋店的里间，竖起耳朵听，我听到汉娜在咯咯欢笑……

“汉娜再没来过我们鞋店，可我终于找到她的家了。她在墨尔本的家，离我们鞋店隔了三条街，隔了一个小花园。每天下班后，我就从鞋店出发，走过三条街，穿过一个小花园，去汉娜的家对面望望。我每次都数步子，一步，一步，一共有797步。当然也不是固定的，有时是789步，也有800步，最多时是走811步，我就看到汉娜的家了。偶尔，我能见到汉娜站在家门口张望，她在等男朋友。或者，偶尔不见她影子，却听到她在屋子里咯咯笑。更多时候，汉娜的身影没出现，声音也没出现。我就在她家门口站站，再转身往回走，走回鞋店，上小阁楼吃饭睡觉。

“后来，我知道汉娜唯一的哥哥死了，在战争中死去的，因为他是一名勇敢的军人。再后来，我知道汉娜结婚了，却不是和她一起到我们鞋店买皮鞋的那个小伙子，而是另外一个白种人青年，他同样有一头漂亮的卷发。只是，他走路时左腿有一点点倾斜。听说，那是因为他在战争中受过伤的缘故。汉娜的丈夫是个建筑业的工程师，后来当上了经理。汉娜结婚后，换了新家。我不清楚汉娜的新家离鞋店走路有多少步，我却清楚开车去汉娜的新家需要12分钟。你该知道，我买不上昂贵的车，那是一辆旧吉普车。不是每天，但是经常，我开车去看汉娜。我将车远远停下，透过车窗，目光越过低矮的木围栏，看到汉娜和丈夫在她家花园里浇花、谈笑；很快，我还能看到一个小女孩加入了汉娜和丈夫的欢乐队伍，那是他们的孩子。我敢说，她是我见过的长得最可爱的小天使。我更敢说，她长大了，一定和汉娜一样美丽。我很奇怪，我的心底早没有用锋利的刀子在一下一下割的感觉，酸楚的痛觉也渐渐消失得无影无踪，只剩下欣慰和情不自禁的欢喜。每每看到汉娜一家三口甜甜蜜蜜地在一起游戏欢笑，哪怕老远老远，只能模模糊糊看到依稀背影，我也千倍百倍地由衷愉悦。

“……知道汉娜的丈夫和孩子去了天堂，极其偶然，也很突然。

我的父亲病重，我回到塔斯马尼亚住了两个星期。回到墨尔本，赶去参加一个朋友母亲的葬礼。在墓地，我意外地看到了汉娜。有人搀扶着她，可怜的汉娜，一脸忧伤。我的心，顷刻间碎成了玻璃屑。”

停顿，长时间的停顿。约书亚抬起右胳膊擦拭眼睛。老人浑浊的眼睛里，蓄满亮晶晶的泪水。好久之后，他才继续故事的后半部分：“汉娜的丈夫开车载着全家出去度周末，出了车祸。汉娜受了伤，而丈夫和孩子当场因失血过多去世……

“我辞了鞋店的生意，拿出所有的积蓄，和我的一个苏丹朋友，一起盘了一个铺子。那是一个青菜水果店，去汉娜家走路只要花一分钟。我们的青菜水果店生意持续了 26 年，这 26 年里，我没结婚，更没孩子。我更清楚汉娜没有再婚。不知道是汉娜自己不愿再当一回新娘，还是没人愿意娶她。而我，自始至终，从没向汉娜求过爱。理由只有一个，她是天使，而我什么都不是。我没有文化，没有地位，是苏丹逃出来的难民。26 年里，我总会以一个政府义工的身份每周两次出现在汉娜面前，开开心心陪她说话，替她照料花园里的花草树木，替她采购家庭用品。当我不是义工时，我就在完成每天的生意后用邻居的身份来替汉娜完成这些工作。

“26 年过去，我推掉了生意，将自己的股份全部卖给青菜水果店的合伙人和他的孩子们。因为，汉娜要搬到悉尼来，我也就静悄悄地追随着她来到悉尼。在悉尼的温亚，我开始了这一生中最快乐的时光。每天，我都能见到汉娜。因为我们租住在同一栋楼，房子门对门，一开门，就能照面。汉娜信主，她每个周末都去教会。我最初只是跟踪着她去了教会，接着我也信了主，而且很快成了教会最热诚的干事……

“我们来到 Blacktown，是 6 年前的事。来这里，是我的主意。因为在 Blacktown，有太多我认识的、要好的黑种人兄弟姐妹，我想向我的黑种人兄弟姐妹们传福音。”讲到这里，约书亚忽然转头扭身偷偷摸摸乐起来，乐一阵，盯着我的眼睛，有些喜不自禁的样子，“你能猜到吗？我对汉娜说，我们到 Blacktown 传福音去吧。她居然连一秒钟都没犹豫，就和我一起来了。我们租了房子，拼命努力，为神赢取了 227 个信主的人。直到两年前，我们年老了，住进这家老人院，也没彻底歇手。你还会猜到吗？她一直不知道我是她当年在塔斯马尼亚的邻居，曾悄悄躲在树后看她学骑自行车；也不知道我是她住在墨尔本时，一直坚持替她买日常生活用品，替她照料花园的义工和邻居；更不知道我是追随她到温亚，特地想方设法租住房子和她门对门的人……她唯一清楚的是，我和她一样，都是信主的人。”

我张口结舌。

约书亚觉察了我满脑门的糊涂，他再一次得意地乐了。乐罢，他用嘴角示意我打量汉娜的眼睛。汉娜的鼻梁上架着一副茶色老花镜。坦白说，我瞧不出端倪，我只留意到汉娜满脸的笑容依旧，在暖暖的阳光下，显得格外温馨。

“在那次车祸中，她没有丧失生命，但从此失去了光明。她美丽的大眼睛还在，但眼前只有混沌和黑暗。她的光明，亮在心里。”约书亚说。

我恍然大悟。“她失明了，但是可以聆听。她一定是因为听了你给她讲述几十年的爱慕，而倍感甜美，由此满脸尽是春色。”

没料到，约书亚居然摇头。“不，还是因为那次车祸，汉娜的听力严重受损。前些年，她还能勉强凭助听器听到一些声音，近几年，则完全与声音绝缘了……”

我满心的疑惑肯定又全部蹿到脸上来了，我结结巴巴问:“可是，可是，我明明看到，她一边听你讲故事，一边面露微笑。”

“她用手来聆听。”约书亚说。

此时，我才注意到，两个老人的手，紧紧地，又是轻轻地，握在一起。一双手，黑白分明的手，一动不动地搁在约书亚的左膝上。

“我是苏丹人，1940 年坐船到澳大利亚，最初的落脚地是塔斯马尼亚岛。很巧，我租房的旁边就是你的家。那时，我只有 13 岁，而你那时 14 岁，你比我大一岁零两个月……”

约书亚又开始讲故事了，那是他一个人的故事，也是他和汉娜两个人的故事；那是他一个人的甜蜜爱情，更是他和汉娜两个人共同拥有的温馨回忆——约书亚说，他每天对着汉娜重复讲述这故事 10 遍以上。长年累月，同一个故事，要讲述多少遍呢？我没法计算，也不敢去计算。

我仍旧默默地坐在约书亚和汉娜跟前，静静地听约书亚再一次讲述他的爱情。这份爱情，该说甜蜜，还是苦涩？我没答案。我默默打量约书亚兴致勃勃地讲述，打量春风满面的汉娜，打量他和她握在一起的手——真的，这和谐甜美，温馨平静的一幕很让我着迷。我都看得有点痴了，竟有点舍不得离去。

他和她之间，很多猜测，我没答案。比如，假若汉娜知道约书亚是个黑种人，她会依旧让他握紧双手在大庭广众之下紧紧相依吗？比如说，假若当初约书亚勇敢地向汉娜表白爱慕，汉娜会在迟疑片刻后点头吗……不过，有个猜想，其答案异常清楚——我想我没猜错：凭一双握紧的手，失明失聪的汉娜知道有一颗心，和她靠得很近；而同样凭借一双紧握的手，无儿无女的约书亚知道，有一颗心，在认认真真聆听他讲述自己深藏在心底66年的爱。

一双握紧的手，将孤独与孤独驱除，将快乐和快乐连接。约书亚和汉娜，不是夫妻。可这一幕，让我深深感叹，这样的一对老人，更似一对甜蜜的深深相爱的恋人。

情感点评

明知不能，却依旧坚持自己的爱；明知无望，却坚守心底的爱。这，我不忍心将它视为单相思，我认定它是世界上最美的爱情。

约书亚用一辈子的光阴，默默地追逐自己的挚爱深情。最终，他的爱，没能结出甜蜜的果实。但，爱情之外，他收获到更为丰盛的，来自生活的，来自情谊的甜美琼浆。

千万里，追寻那三滴泪

总不明白，难道“不幸”也会遗传？

曾祖母、祖母、母亲，以及几位姨妈无一例外，都遭遇了家庭不幸，不是人到中年爱人疾病缠身而离去，便是两口子之间出现第三者导致分道扬镳。

母亲常常叹气:“那时，我们结婚太早了。”是啊，母亲 18 岁时已生下了黄如月。而她的祖母、曾祖母生第一个孩子更早。

母亲接着说:“家里穷，没法子，只好早些了，没时间去寻找那个故事里的人……”

所谓“那个故事”，这是黄如月母亲的“母系家族”祖传的一个“传说”。当黄如月的身体前胸和臀开始有所“突破”的时候，母亲就开始向她述说那个远古的故事了，一次又一次。黄如月很快便能倒背如流。

天宝年间，宫廷里有个跳《霓裳羽衣曲》的小女子，很美。一次偶然的机会，小女子往乐工李龟年身边望了一眼，石破天惊，乐工身边服侍的小童也恰恰望了过来——两双年轻的眼睛，如电火惊魂，在彼此心底刻下了一道深痕。

悄悄地，两人有了私情……

小女子被赐死，喝的是孔雀胆。那时，她的孩子被一个好心的老太监偷偷藏在柴房里，刚刚三天。

喝孔雀胆前，小女子说："记住呀，不管我下辈子变了什么，我都会去找你，我会经常说起我们的经过，如果你听了我的述说，就掉下三滴泪来……那便是我们的相逢。"

乐童哭着，点头，说："我也会去找你，同样会讲我们的今生，如果是你，也掉三滴泪。"

几天后，乐童被乱棍打死。

母亲说，如月呀，你去说故事吧，只要有耐心，一定能碰到那个掉三滴泪水的人。

那一年，黄如月 14 岁，正是如火如荼读书起劲奔前程的时候。成绩好，又长得漂亮，她在学校出尽了风头。抽屉里出现小纸条的时候，她一点都不惊慌，当晚就约了那男孩出去。男孩乐坏了，屁颠颠以为事情就那么轻易成了。

黄如月对着男孩亮晶晶的眼睛说："天宝年间，宫廷里有个跳舞的，跳的是《霓裳羽衣曲》……"

那个不知天高地厚的小子在一门心思想着赶紧以积极行动来亲近黄如月，他傻乎乎地望着如月，笑嘻嘻的："你编的？蛮好听……"

滚一边去吧！黄如月甩给男孩一个莫名其妙的背影，独自走了。

后来，又有冲锋陷阵的人来探路。可没有人听得懂黄如月的传说，没有，没有一个人。而后，中考，高考。各奔东西。

接下来，黄如月读的是中文系，在大上海。

大一刚进去，有老乡打着“老乡会”的招牌来迎接，热情地招待一番。之后，就有两个据说还没有女朋友的家伙蠢蠢欲动，把玫瑰花枝往黄如月手上塞——黄如月开始讲故事：“天宝年间，有个跳舞的，跳的是《霓裳羽衣曲》……”

对方脸上的笑依旧很热烈，可仍旧呆若木鸡，无动于衷。

谁懂？

有聪明的趁早落荒而逃，以为黄如月是花痴。勇敢点的，竟然不知死活，想坚持就是胜利，花照送不误，而黄如月把故事照讲不误。

一次两次三次四次，反反复复。

旧人去了，新人又来，黄如月还在说。

第N个男孩用热切的目光望着黄如月。她刚开口“天宝年间”，男孩马上打断她的话头：“对，有个跳舞的……你不要说了，我们学校，都在传诵这个故事。嘿，这个怪里怪气的传说，哪个蠢家伙编出来的，你知道不？太难听……”

是啊，黄如月说了百八十遍，不同的听众又大量相互转述。好端端的故事经过无数次的搬弄、删改，早变得面目全非，但总的结构与情节依旧。只是，还是没有人懂得黄如月的苦苦等待！

仍旧是大上海，十里洋场，早没了张爱玲时节的韵味，但黄如月依旧着迷。有事没事一到课休就在大街小巷里乱窜。身边，一直没有另一个人。她想，想死了，那个听懂故事的人呀，你呀，躲在哪里？

大三，黄如月依旧孤家寡人。因为在一家杂志上一年发了几篇文章，她被叫去参加笔会。

地点：黄山。

时间：暑假。

来自五湖四海的人，操四面八方的“普通话”谈天说地。大家都比黄如月年长，唯一的一个学生身份，是她。

太陡，黄山难爬。杂志社安排了一个年轻编辑保护黄如月，拖着她的手往上赶。一同爬山，聊天，他和她越来越熟。

在山巅，杂志社临时决定休息一晚。为的是下了一场雨，而大家都嚷着，要看第二天天晴的日出。

似乎才过半夜三更，黄如月就被拎起来：“快呀，太阳要跑出来了。”

风很大，好冷。黄如月披着那个编辑让给她的外套，偎在他身边取暖。

天边已泛淡淡红霞，但太阳还千呼万唤不出来。编辑说：“闲着也是闲着，我干脆来讲个很美很美的故事吧——天宝年间，有个……”

黄如月一怔，猛地站起！她以为自己的述说竟然已经传到了离家乡离学校数千里外的他乡。但，显然不是！

黄如月想笑，可是竟然笑不出来。

编辑惊疑地望着突然站立的黄如月，也站起。停顿一阵，继续述说。语气缓缓，好像说起一桩前世今生与谁也无关的事。不知为何，在那寂寥冷清的凌晨，响在耳边的故事，使黄如月的心里一缩一紧。想哭，特别想哭，放声大哭。

从来，都是自己对别人述说这个旧年旧月的故事。而今，第一次听别人一字不差地说起。他似乎漫不经心，又似乎那样细致认真地述说着熟悉的情节、细节。

故事终于讲完了，黄如月鼻子一酸，没有放声大哭，泪却终于滚落下来。不多不少，一共三滴。

虽然天空不是很明朗，但他看到了她的泪。

他叫邓一拓，黄如月喜欢这名字。喜欢，很喜欢！

一个礼拜后，回学校。没有去跟邓一拓道别，黄如月怕他嘲笑她哭鼻子的样子。那样子，一定很难看。

邓一拓的信，却紧跟而来，厚厚的。

邓一拓写道："我们家族有个传说，如果谁……三滴泪。"

黄如月喜极而泣。

情感点评

美丽的爱情，可以当成一部传奇来慢慢欣赏，慢慢享受。

巴东的“一夜情”

巴东姓蒋，是深圳一家民营书店的老板。巴东喜欢大把赚钱，更喜欢旅行和摄影。

2005年夏末，巴东背着包，一个人在云贵高原游荡。

巴东从云南曲靖进入贵州，在长途大巴车上捡了张地图，乱看。看到贵州那些“猫场”“狗场”“兔街”“羊街”“猴营”“马营”的怪地名，忍不住笑。等到目光落在“匪子窝”三个字上，巴东不笑了。

巴东决定去匪子窝。

手捏地图在乌蒙山一再转车，先坐拖拉机，再搭摩托车……最后，摩托车司机将周身颠簸得快要散架的巴东扔在一条碧水清清的溪涧边，扔下一句“前面没路了”的话，收下20元钱，走了。

不是没路，有，是羊肠小道，从山边往山上延伸。

巴东咬咬牙：“走！”半弓身子，一步一步，往山上走。其实，与其说那是走，不如说是爬，是蹭。

不清楚走了多远，只知足足走了4个多小时，瞅见一大片“V”字形的玉米地趴在山坡上，油亮油亮，甚美！顺山势转个弯，十多幢茅草屋顶或石块屋顶，石头墙或木头墙的破房子静静站在绿树掩映的山坡上。不对，那不能算房子，只称得上一个窝棚挨着另一个窝棚。

巴东长吁一口气，对自己说:“呵，总算到了。”

巴东不断调整角度按数码相机快门时，路旁玉米地里钻出一个人，笑吟吟打量巴东。那人脚踏一双太少见的“草鞋”——不是稻草做的，而是裁剪了废弃的汽车轮胎底，加上麻线绳粗制滥造出来的。而套在草鞋里的两只“袜子”，居然是长度不一、新旧各异的两块布。

巴东对那人笑笑，打招呼:“你好，这里是匪子窝吗?”

那人也笑，却不作答，仍旧打量巴东。半晌，问:“你来这里买女娃子吗?”

巴东好迷糊。他将对方的话原封不动从嘴里吐出来:“来这里买女娃子?”脑海里云山雾罩，找不着北。

那人再不说话，只用眼睛牢牢盯住巴东，眨几下眼，仿佛下定决心道:“你跟我来。”他自告奋勇将巴东领进寨，直接送到塌了东首半边茅草顶的窝棚前，大声唤人。

嗓门大，急切，巴东听不清领路人和窝棚出来的那个稍微有些驼背的男人在交谈什么。

驼背男人不热情，也不冷淡，苍老的脸上落满深深浅浅，特像是刻在石头上的深深浅浅的皱纹。他瞄一眼巴东，伸右手，做个欢迎姿势:“进来吧，坐。”

巴东猫腰进了窝棚，就着歪斜了的木凳落座。接了驼背男人递过来的水，仰脖子全灌进肚去。巴东真的渴了，长长陡陡的山路把他整惨了。喝完，却发现手上的“碗”原来是锯断的半截竹子。

驼背男人叹口气，没看巴东，像是对着巴东说，更像自言自语:“我家娃，比岩东细老二家的娃子还小 1 岁哩。细老二家的娃，上月里，有个河南人领走了，给了 3200 元哩……”

话音没落，巴东听得窝棚角落窸窸窣窣一阵响，接着是一声叹息，然后是拼命压抑的呜呜咽咽。巴东扭头，看到屋角里有张石头垒起的床，床上躺着一个人。

巴东猛然彻底清醒了。他们把自己当成了人贩子!

巴东急了，站起来，慌乱摆手:“我不是！我不是，我不是来买人的。”

巴东的普通话驼背男人未必马上听懂，但巴东的手势，驼背男人铁定立即猜测到具体内容。

刹那，驼背男人既不热情又不冷漠的脸上，飞快地换上失望落寞的神情。屋角里的呜呜咽咽，更是顿时换成了号啕……

巴东心里慌，迟迟疑疑比画着探问:“你们，干吗想卖女儿?”

哭，哭，还是哭。叹气，叹气，还是叹气。

时间在这贵州乌蒙山的山沟沟里，足足停滞了有 10 分钟吧。沉默好长时间，驼背男人在加重喘息再狠狠叹口气后，说:“娃她娘的病越来越重，要出山看医生；屋子垮了一大片，要修；半坡地的芋头都被雨冲跑了……处处都得花钱啊，日子，难啊。”声音很低，言语很缓。

巴东走出窝棚，默默地，上上下下前前后后左左右右看。看完，再看。有个计划，自心底缓缓慢慢溜出来，一点一点一点往上蹿，终于蹿到嘴角边，恐怕使劲按也按不回去了。

巴东毅然决然回到窝棚，手上握着一沓钱，边用劲打手势，边神色慌乱地说话。似乎是憋了好大一把劲，他一字一句说：“我，今晚住你们家。住，住宿，借宿你们家。你们给吃，住，这钱是食宿费，食宿费……”怕驼背男人听不懂，巴东将手放嘴边扒拉，做吃饭状；身子往后仰，闭眼睛，摆出睡觉样子。

驼背男人瞪眼看巴东。屋角里的哭声息了，床上拱出一张瘦弱女人的脸，睁大无神的眼睛看巴东。

巴东将钱塞到驼背男人手上。驼背男人缩手，身子往后躲。好似巴东捏着的一沓钞票不是钱，而是烫手的山芋。

巴东急了，步步紧逼，将钱一股脑儿塞进驼背男人手上。再将背上的包卸下，放凳子上，摆明今天是当“房客”当定了。

驼背男人与女人面面相觑，随即，驼背男人走近女人的床边，低语，商量着什么。钱，终于揣进驼背男人的怀里了。

巴东笑了。他偷偷碰了碰兜里的银行卡，想，早知如此，在云南曲靖市的银行该再多取几张钞了。又想，2600 元，应当暂时够这户人家看病，修缮屋子，买粮食了吧。

巴东拿着相机出窝棚，四处看，拍照。

整个山寨不大，不到一个小时就能转悠完。不转完都不行，因为天快黑了。可供拍摄的“美景”不少，却也无非是破破烂烂的屋子，无非是无处不在的石头，无非是随处可见的玉米地……倒是有不少从容淡定迈步子的黄牛，一群乱窜又瞎叫得起劲的鸡们狗们。

它们，很合巴东的“胃口”，一个接一个跑进巴东的相机里去了。令巴东奇怪的是，寨子里人不多，孩子更少，除了三四个牵牛吃草的小女孩。

巴东看见驼背“房东”匆匆从窝棚出来，在寨里转一圈，捧着点什么匆匆回家去了。巴东又看见一个女孩，不高，辫子长，背上挂着一篓青草，赶着一头牛，回他今晚的“山居旅店”了。

红豆炒酸菜，煮芋头，板栗煨鸡，还有看不出究竟是什么叶子炒鸡蛋，青青绿绿的叶子，看起来挺养眼。然后便是三大海碗金黄金黄的玉米，满满当当的一碗白米饭。这些，是餐桌上的全部美食了。

病女人起床了，头上缠着布条，垂手站在桌旁，脸上带着歉意的笑。驼背男人更是一脸尴尬，一直对巴东欠着腰，背弓得更厉害了。驼背男人说了太多客气的话，都是没什么好招待的意思。

因为语言障碍，沟通不是那么顺畅，巴东只好摇头，只好真诚地笑。他担心“房东”两口子误会，于是爽快地坐桌子旁，准备张嘴大吃——还没举筷，驼背男人连忙将巴东眼前的玉米端走，将唯一的一碗白米饭摆他面前。

一番添上太多用手比画的话，巴东知道了。“房东”一家，一年到头，唯有过年才会吃一餐两餐白米饭，平时全部以玉米为主食。这碗米饭，一小时前还是“房东”转了整个寨子才借来的一撮米。

巴东吃得很香，是真的香。深圳遍地都是特色各异的酒楼菜馆，什么山珍海味没尝过呢，可真的都不及这乌蒙山里的红豆酸菜和板栗煨鸡，香得不能再香了。

赶牛回家的女孩坐巴东左侧，是生病的女主人千呼万唤半天才叫上桌的。巴东看她一眼，正碰上女孩躲躲闪闪瞟过来的眼神。女孩“刺溜”一声将眼神蹦走了——其实肯定没声音，是巴东模模糊糊感觉到的。女孩低了头，不夹菜，胡乱扒拉着碗里的玉米粒往嘴里送。

这小女孩顶多十五六岁吧，在城里，正是如花似玉的美妙年龄，该读中学了。巴东想，明明先前赶牛回家时她穿着一身灰色衣裳，现在换成上身大红，下身深蓝，嗯，好看多了。巴东又看一眼女孩，没错，实在是好看多了。两根辫子乌黑乌黑，梳理得整整齐齐，好清爽。巴东再看一眼，想对她微笑一下，权当打招呼，却捕捉不到女孩的眼神。女孩的脸庞却看得清清楚楚，清秀，清纯，这样的女孩，如果在城里的学校，肯定是男孩们花尽心思追求的对象……

饭后，巴东还是与“房东”一家进行了更多的“沟通”。匪子窝果真与土匪有关，好多年前这里曾被土匪抢夺霸占了。“房东”姓方，有两个儿子一个女儿，大儿子 13 岁那年因去煤洞里背煤炭，煤洞塌方死了，煤洞主只赔了 680 元。另一个儿子，今年 12 岁，也去煤洞里背煤。匪子窝的男孩们，除了三个有幸在校读书，几乎全去媒洞背煤了，一天忙活完能挣 10 多元……

“唉，听说贵州的好多小煤洞都要被政府关闭了，说是怕出祸事死人。往后，孩子们去哪挣钱呀……”“房东”叹气。他说，如果不能去煤洞里挣些钱，寨子里家家户户忙完一年顶多靠卖玉米卖芋头得个 300 多元。

“如果谁家孩子多，或许手头会宽松点……”“房东”的话，让巴东大吃一惊。

在这里，将女儿卖给人贩子或远方找上门来“亲自买亲”的人为妻，竟然当成一箭双雕的好事——家里由此暂时“富裕”起来，而女儿从此也会过上好日子，至少吃饱喝足，或许还有好些新衣服穿。寨里有好几家的女儿由此远走高飞了。更为耸人听闻的是，寨里竟有人家将自己才出生不久的儿子卖给人贩子——或是因超生怕交罚款，或是纯粹为了几千元钱“收入”。巴东更知道了惊人的“天价”：小男孩，5000 元以上；女孩，不管成年与否，3000 元左右。

夜渐深，窗内窗外都是漆黑一团。巴东的心，疼了又疼。他比匪子窝的人清醒，他知道那些所谓卖予人贩子去给人做妻子的女孩，未必真是为人妻，很可能落得更不堪的下场。

巴东躺在简陋的木床上，辗转反侧无法入睡。床是女孩让出来的，山里头的女孩不会使用化妆品，可床上溢满了淡淡的清香。好闻，真好闻。只可惜巴东没闲工夫去品尝这清香，他的心在一刻不停地疼。

巴东坐起，点燃一支烟。忽然，吃一惊，床前站着一个黑影！瘦瘦小小，是女孩。

巴东有点狼狈，说：“对不起，我占你的床了……”他想下床去。

黑影不动，却传出用了好多的劲挤出来的低低声音：“我爹我娘说，今儿晚，我和叔……我，我和哥睡……”

巴东的脑子里“轰”一下，又“轰”一下。

女孩摸索着脱衣了，摸索着上床，进了被子里，一动不动，像趴着一截木头。静一阵，挪一下，又一动不动，还像一截木头。过一阵，又挪一下……巴东木木的，却又迷迷糊糊感受到有一团柔软热乎的身子已经挨着自己了。

掐一下自己的下巴，生疼。又狠劲吸一口烟，明灭的烟头光亮下，身边确确实实多了一个人。巴东的脑子里翻江倒海，一个念头跑出来，又一个念头跑出来——他们用这种方式感恩？他们等会敲锣打鼓唤醒全寨人来“抓现场”，声称巴东强暴小女孩了，然后索取天价“遮羞费”？他们……

想不出一个任何结论。巴东唯一能采取的行动是立刻穿衣起床。女孩却嘤嘤抽泣了：“哥，我爹我娘说，我们已经收了你的钱……”

巴东默然。黑暗里，巴东老在摇头，苦笑。

女孩好像又往巴东身边挪了挪，巴东的心生出不少乱来。温温软软的一团，触手可及。如果没猜错，女孩怕是在父母的“指点”下一丝不挂了吧。女孩啊，陌生的女孩，你，今年还不到16岁。

手上的烟在不知不觉中灭了，巴东不敢动。强迫自己想白天拍的照片，那些牛，那些鸡，那些狗，那些玉米地……

巴东不动，女孩却又在动了——她已经不抽泣了，在发抖。她已全身靠着巴东了，滚烫滚烫的身子，抖不停。

奇怪，巴东的心突然间风平浪静了。他将手放在被子上，轻轻拍两下：“小妹妹，你先好好睡吧，叔叔等会再睡。”

巴东重新点烟，不慌不忙抽。女孩终于入睡了，细细的鼾声起起伏伏，在寂静的夜里，让巴东的心生出太多甜丝丝却又无比苦涩的感触。

近天亮时，一夜始终坐床上不动的巴东终于打起瞌睡来。晨曦微露，从木条漏窗闯进寸寸光阴，巴东疲惫地合上眼帘前，情不自禁地看了一眼身边的女孩。

女孩侧脸躺着，脸颊洁净，嘴角安详，睡得正香。被子何时掀开一角，露出女孩一段身体。女孩果然没穿任何衣服。巴东心底一丝邪念都没停留，头晃了几晃，就坐着睡着了。

醒来时，天早已大亮。巴东急急下床，出“客房”，见方家一家三口围拢在女人的病床前憋着嗓门商量着什么。

见巴东，驼背男人匆匆走近，他将手上的一个布包紧紧按在巴东手上。巴东疑惑地揭开布包，愣住了——钱，厚厚一沓，显然是自己支付的全部“食宿费”！

驼背男人尴尬地解释:“你是一个好人。昨晚的事，我家金花都跟我们说了。这钱，我们不能收……”

巴东发呆，嘴里半晌吐不出一个字眼。愣了好久，嘴里还是没话可说，干脆坐下，气呼呼喘息，自己跟自己急似的，恼，真的恼。多年来走南闯北，大风大浪见多了的巴东，以往关键时刻总能超常发挥，头脑清晰言辞犀利的他，居然在此时此刻脑子乱成了一团麻。

实在想不出更好的招，巴东终于开腔了。一半是真话，一半是谎言。真话是:“这些钱，仅仅是我卖一本书赚的钱……”巴东确实卖过一本书，16 开本大部头法学工具书。原定价 980 元，巴东撕去版权页，换上改了定价的“新版权页”，新的定价是 3600 元。该书卖给深圳一家大集团公司，扣除各种成本，恰恰盈利 2600 元。谎言是:“我出外旅游时经常住大酒店，哪家不是收费 3000 元 4000 元一晚……”

巴东讲了不少大小道理，巴东编织了太多真假故事，驼背男人终于将信将疑又千恩万谢将布包重新掖进胸前的衣兜——那一刻，巴东忽然惊觉自己其实比“房东”一家更感动。他长吁一口气，觉得始终晃晃悠悠悬着的一颗心终于落回原处，熨熨帖帖了。曾经从手边溜走的太多2600元，全都轻飘飘的，全不及这一次的厚重。

巴东告别，环顾一家三口，说道别感谢的话。走几步，想起什么，重新取下背上的旅行包，掏出一支笔，包里唯一的一支笔；又掏，掏出一本《丽江的柔软时光》，包里唯一的一本书，递给这个名叫金花的女孩。“金花，叔叔送你这些，闲时翻翻看看。”转头又想起什么，补充道，“金花，你是个很好很好的姑娘，还小，千万不要糟蹋自己。等长大了，找户好人家嫁了，好日子在后头，长着呢……”巴东边说边暗骂自己虚伪，这话连自己也听了觉得虚，虚得很啊。

金花没接巴东递过来的书和笔。低首，两手玩弄着衣角，靠着门框，呆立。

“金花，你抬头啊，好好接着你哥送你的东西啊……”病床上的母亲下命令。

巴东跨出门，习惯性地挥手。金花忽然追到门口，仰脸，问：“哥，阿哥，你，还来吗？”

巴东看着金花忧戚的脸。他从她的眼里轻易捕捉到了一堆期待。他略一迟疑，却终究没有回答，只灿烂地对她笑笑，转身拍拍她的头，扭头走。

走出寨子，穿过玉米地，山道弯又弯。

巴东回首，驼背男人还站在破旧的窝棚前，举手臂，摆动。病女人举手臂，摆动。金花却没举手，一只手抓着门框，一只手下垂，倚着门，一动不动。金花依旧穿着红衣裳，挺醒目。

金花倚门呆呆地抬头张望着，她在望远山，还是望巴东？

巴东的鼻子有点酸楚，他拿出数码相机，对焦，轻轻一按，咔嚓。倚门远望的金花，还有她的父母，永远定格在镜头里了。

情感点评

简洁的白描和平淡无奇的铺叙，却写出了人间至深的哀伤。作者曾在《读者》“原创版”述说本文的创作，他说，写此文时，他曾落泪。

坦白说，当我编辑该稿时，亦曾潸然泪下。作者采用最朴素干净的文字，击中了我们内心中最柔软的地方。阅读时的伤痛和同情，使我们读罢该文，掩卷之后或许还会良久沉浸在深切的忧伤里。

值得庆幸的是，再贫瘠的地方，也有人性之花开放。但愿，巴东的良善之举，能换来金花命运的永久拯救。

爱情是一场阴谋

那年，当我两眼开始放光，想找个男朋友的时候，老妈就约法三章：第一，男孩要高大魁梧；第二，男孩要高大魁梧；第三，男孩要高大魁梧。

老妈约法三章时，一脸的苦大仇深。这怨不得她，老妈 1.68 米，老爸至多比拿破仑高几粒芝麻。

老妈常说:“我是深受其害呀，原来咋就没发现老头子这样矮呢。”

这更怨不得老妈。想当年啊，首长总在台上讲话，她总坐台下听报告，谁不以为首长高大？唯有一次，“位置”颠倒了，军里搞大会演，老妈在台上演《白毛女》中的喜儿，首长在台下看演出。演到热闹处，黄世仁正“糟蹋”喜儿，战士们愤怒了，往台上扔石子，果真把恶霸地主给砸伤了。这下，文工团慌了，首长来看会演，偏偏砸锅了。那天也巧，别的演员就是不肯救急演恶霸，大家都对黄世仁恨之入骨呢！首长说："我来吧。"一番打扮之后，黄世仁上台了，喜儿踮起只脚尖做了个芭蕾舞旋转动作，不料一个扫堂腿把黄世仁给放倒了。战士们哄的一声热烈鼓掌，却又慌了神，文工团更紧张了。黄世仁终于站起来了，他一贯严肃的脸上露出了微笑，但马上又咬牙切齿：好好，你逃不出我的手掌心……

晚上，组织来找老妈谈心："肖桃花同志，党决定交给你一个艰巨的任务，去照顾首长，你看怎么样？"

肖桃花正排练《白毛女》呢，马上扯下头上那喜儿的长辫子，立正，敬礼："报告团长，毛主席教导我们，要一不怕苦，二不怕死。我坚决完成党交给我的光荣任务！"

当年的首长就是我老爸张德伦，他说："肖桃花那一招扫堂腿不错，我以前咋没看到军里有这么一个人才呢！不过你再厉害也逃不出我的手掌心吧。"老爸乃络腮胡子大嗓门，放肆地哈哈笑。

接下来，老爸老妈两人成了各种"运动"的"健将"，每次总少不了他们二位的份，但她总是"抢任务"。

老妈说："老头子一身的病，我不替他背一些，他只怕早升天了。"是啊，好多次本该由老爸挂牌游街时总是老妈顶替出场。

这些还不要紧，老爸的勤务兵早没了，老妈顶着阴阳头回来连喘口气的时间都没有，又要去扛煤球背柴米油盐。老妈说："六楼呀，我那些年做牛做马，那个累呀！要是老头高大些我用得着去当搬运工？"而当年的首长，我的老爸在战争年代留在胸腔里的子弹引得他越来越像红卫兵骂的"苟延残喘"一样了，他佝偻着更加矮小的身子，如丧家之犬在院子里散步……

你想想，我的老妈吃够了矮个子丈夫的苦头，她能忍心让我跳进同样的火坑？

我长得还真不错，身高1.76米，体重51公斤，皮肤白皙，身材修长。走在街上回头率99%，余下一个没回头，他八成是盲人。而且我不是花瓶，响当当的北京大学中文系毕业，报纸杂志不时有大作发表，又是业余模特队的，唱歌跳舞也不在话下。而且我大小也是高干子女一个呀（我的老爸好歹也曾是个不大不小的司令员）。唯一的缺点嘛，用老妈的话就是："你整天咋咋呼呼的，就不能像个女孩子吗？"这能怪我吗？谁叫你从小就把我当男孩打扮！

听说我两眼开始放光，军区大院闻风而动，大家热情地帮我物色男孩。我四处相亲，但总是兴冲冲去却败兴而归。

不是我不把那些奶油小生放眼里，就是他们被我的"英雄气概"吓蒙了。这时方程出面了。方程比我小一岁，矮一头，他早死的爸曾是我爸的司机，他则是院里的人精，从南开大学一毕业便自己开网吧，开了三家后又进军餐饮业。生意风生水起，可他很少亲自出马，整天骑着个屁股翘起噪声很大的摩托车四处流窜。

方程挺着瘦巴巴的胸脯说："这事包在小弟身上。"

第二天，方程果然用摩托车载着个兵哥哥来。方程在院里大呼小叫："妮妮姐，快来，游泳去。"

我瞅那兵哥哥一眼，至少1.8米个头。听说还是军校毕业，正当见习军官呢。

我赶紧打扮一番，屁颠屁颠地出了门。到了海边，军官露出他一身肌肉来。坦白交代，看到那身肌肉我心里就开始波涛翻滚了。

方程过来了，说："大哥，咋样？我妮妮姐不错吧，她可是方圆十几里的美人胚子，老哥，你好福气呀……"

这家伙一个劲跟军官称兄道弟。我拼命使眼色，好弟弟，光天化日你做什么电灯泡呀，你滚一边去吧。这家伙却不识趣，聊得更欢，把我夸得天花乱坠，把早年我如何在院里风光，长大又如何如何一一详加述说。再后来就掏我的丑事了，将我当年怎样捣蛋添油加醋地发挥一番，甚至说起了我某一次爬人家窗户掉下来，弄烂了裙子，春光乍泄……天，连这事也讲，这是我最丢脸的事呀！我恨意顿生，几步蹿过去，揪住方程往海水里按，方程拼命挣扎，不过1.6米的他哪里是我的对手，顿时翻了白眼。这下我慌了，提起他塞进的士就往医院跑。

看着昏迷不醒的方程，我紧张极了，只怕方程有个三长两短。折腾了好久，听得一声："妮妮姐，你咋下这样的毒手呀，我要是就这样得了小儿麻痹症，你可要为我端屎端尿一辈子。"

我蹿到病床前，拼命掐方程的脸蛋，笑得眼泪都出来了："你还小儿麻痹，老年痴呆症吧……"

这天，方程不知打哪弄了副水晶象棋来到我家，老爸看到造价不菲的水晶象棋两眼圆瞪："快来快来，杀一盘。"

那天，军官也在（军官现在是我家常客了，老妈每次都变着花样炒菜招待他），方程便教唆着军官上，说是要见识见识妮妮姐心上人的本事。军官谦虚了两句，也就上阵了。军官曾自称打遍军校无敌手，我巴不得他在老爸面前露一手。

方程趁机溜达到我的闺房来，东张西望，大惊小怪："呀，你这样清贫呀，赶明儿我帮你换一台新电脑；呀，这窗帘老土；呀，这床快退休了吧……"说着说着，一仰身，倒在床上。

我拼命拿枕头揍他："你你你，混球吧你，我的床从来没外人躺过的，你臭烘烘脏兮兮的。”

方程爬起来：“妮妮姐，鬼才信，兵哥哥没躺过这？”我更气了，怒发冲冠：“你以为我是谁，本姑娘传统着呢！”我看到方程偷偷笑了，这只瘦巴巴的猴子，准有阴谋！

我一把将方程推出我的闺房，叫他去观棋。想不到此时的军官已节节败退，方程一口一声：“哟，臭棋。哟，又臭棋。”

军官满脸通红，急得不行。我恨不得把方程顶在墙角飞舞拳脚给他来点颜色瞧瞧，一想军官在这，顾及自己的光辉形象，才没动手。

军官连输五盘，方程请战了。我早想看笑话了，在旁边起劲地吆喝。“老爸，给他点颜色！”没想到，才下了十几步，老爸便一脸凝重。我赫赫有名的司令员老爸，在军区大院内的棋坛号称一夫当关的老爸居然碰上了对手。

我的如意算盘打错了，方程这小子三下五除二便打败了我老爸。老爸当然不服气，又下了两盘，时间一盘比一盘长，但最后总是老爸输。老爸说：“江山代有才人出，长江后浪推前浪呀。难怪听说你事业风生水起，小方呀，不错不错，是人才……”

我从来没听老爸如此啰唆地夸一个人。

没想到军官居然从此不再来我家，打电话过来：“妮妮，我，我看我们不……我好笨的，连下棋都不如方程……”

我的天，他居然因下棋输了就不敢追我了！

老妈简直比我还伤心，她叹气：“哎，过了这村只怕没那店啦。”老爸倒冷静：“就这么小小打击都承受不了，算啥男子汉？”

方程赶紧提瓶酒跑来嬉皮笑脸地安慰我：“妮妮姐，天涯何处无芳草，改天我再批发一个给你。”我狠狠地朝他背上送了几记老拳。

方程为立功赎罪，果真很快便推荐个副教授过来了。

副教授是个清秀眼镜男，1.78 米，马马虎虎吧。“眼镜”对我爱得五体投地，一天一枝玫瑰往我家送。

老妈首先被感动了，又开始变花样做饭菜招待“眼镜”了。我慢慢发现这“眼镜”也蛮不错的，有情调，学识渊博，修养高雅，心中也就开始蠢蠢欲动了。

方程现在经常跑我家来白吃白喝，与老爸打得火热。每次与老爸切磋完棋艺就跑我房来嘻嘻哈哈，可我就是不理他，我怀恨在心啦。可恨他厚脸皮，依然我行我素。

每次方程一走，老爸就开始夸奖他。一次二次三次四次，老妈提高警惕了:“老头你莫不是看上这只干瘦猴子了吧。”

老爸不作声。

我则嘿嘿笑了:“方程？小我一岁半，矮我一个头，我一只手就可举起他来当杠铃，哈哈哈，他做我老公，哈哈哈……”

知我丝毫没把方程放在眼里，老妈好像仍有点不放心，决定御敌于家门之外。方程再来，老妈不开门，隔着门说:“你伯不在。”

这天活该命苦。“眼镜”陪我与老妈去商场购物，老爸领方程来家了。购物归来，两个人还在下棋。当着“眼镜”的面，我总不能赶方程走吧。

方程瞄见我了，笑嘻嘻道:“妮妮姐，你不要忘了我是媒人哪，过河拆桥是不……”他又与“眼镜”打招呼:“来，教授，下一盘。”

我吸取经验教训，赶紧阻挠。方程却不依不饶，拖着“眼镜”按在凳上。“眼镜”也手痒，说试试吧。他的本事更差劲，三两招就让老爸降服了。此“眼镜”非彼军官，他笑嘻嘻地大拍老爸马屁，自叹棋技不如，又一个劲对着老爸歌功颂德。

方程又来没话找话了:“妮妮姐，这个好呀，你看，输了棋也不翻脸。咋样，该谢谢我吧。”

我瞪他一眼，可他没完，压低声音说:“可是呢，只怕是个马屁精！姐，我负责到底，在此慎重提醒你，你可要擦亮眼睛看清楚呀……”

听了这话，我一时火起:“我就喜欢！不都是你介绍的吗？原来你专门介绍些次品来，故意来戏弄人哪……”我将所有的怒火齐聚一块，狠狠的拳头对准了他的鼻子……

望着方程鲜血淋淋的脸，“眼镜”目瞪口呆。我原形毕露了，拼命保持的淑女形象一下子荡然无存。

那天“眼镜”不再口若悬河，他像发现恐龙一样瞅我，我的脾气更坏了:“看啥看，我就这样。”

“眼镜”走后，老妈直叹气，说:“哎，又没戏了，没戏了。”老爸则说:“方程的话不错，这老师是故意输给我的，假着呢，你们看他夸这夸那，哄人呢……”

这下家里冷清了。被我的真实面目吓坏了的“眼镜”不来了。连方程居然也再不登门来。隔了一个月，连老妈都有些不放心了:“妮子，你没把方家那只坏猴子打得太重吧？”

我赶紧找方程她姐莎莎探问消息，他姐说:“他正学柔道呢，说是要报仇雪恨。嘿，也不知他到底是要找谁报仇雪恨。”

那天我一个人正在家看旧碟片，方程来了。进门来，一句话也不说，抓住我就一个大背摔，把我撂在地上了。

我大吃一惊:“不行不行，我还没准备。”

方程等我爬起，又是一个大背摔把我丢在地上。这次我有些准备，我扭着他随手也把他摔在地上了。

想不到方程一个翻身骑在我身上按住我的双手，恶狠狠地说:“我看你还敢欺负我不。”我急中生智用那修长的腿朝他后背重重一敲，“扑”的一声，他倒在我身上了。千不该万不该，他的臭嘴刚好扣在我的嘴上，我呆了，他也呆了。我瞪圆了眼睛，正对着他圆溜溜的眼珠子……

“干吗呢？你们!”老妈大声喊叫时，我们惊慌失措地从地上爬起。老妈和老爸啥时进门我们都不知道，我感到脸上烧得厉害，方程脸也红布一块。我不知道我们刚才的定格动作保持了多久。

老妈对方程严加审问:“你穿这衣服来干吗?”原来他还正儿八经穿一套练功服呢。

方程说:“我，我……”我摸摸发烧的脸，说:“他练了几个月柔道，现在来找我报仇……”老妈疑惑地看着他，老爸哈哈大笑了:“好好，有骨气!”

三天后，关于我的恋爱问题摆上了家庭会议。那天，方程是特邀嘉宾。

老妈对我把她的约法三章抛之脑后无比痛心，她无奈地表示接受民主集中制，集体表决的结果是这样的：老爸第一个高举双手，嘉宾躺在沙发上将四肢升向天空，我呢，将方程的双脚按下去又提起来，我说:“我举双脚赞成。”

深受矮丈夫之苦的老妈见大势已去，长叹一口气，用严厉的目光死死盯着方程，说:“程程，你听着，我要跟你约法三章。第一，妮子是绝对权威，你不能篡权。”

方程说:“好!”

“第二，你要抓紧锻炼身体，俗话说，女婿半个儿。以后啊，家里一切体力活都是你的。” “好!”

“第三，妮子打你你不能还手，妮子骂你你不能还嘴……”

方程不依了:“这不行，我生在新社会，长在红旗下，难道要我回到解放前，天天受欺压……” 我可没让他说完，反扭住他的胳膊:“不行也得行!”

方程脸部表情夸张，好似无比痛苦的样子:“唉！看来我还得再练练，才能行呀。”

瞧他那鬼样子，我知道，这个阴谋家的心里，实则乐开了花。

情感点评

爱情，当然不是阴谋。但有时候，爱情，却又不能不说是一场“阴谋”。她需要男女双方斗智斗勇——甚至，老祖宗的三十六计、孙子兵法全派上用场，最终才能赢得满堂彩的胜利。

情　蛊

大一，覃向东去杨教授家。

门开一条缝，挤出一张狭小的脸，愣几秒，脸红通通的："是你！"顷刻，脸更红，长睫毛忽闪着，自己跟自己急，慌慌张，"你是？你找谁？"

"我叫覃向东，我是杨教授的学生。"

只一面，马丽就死死记住覃向东的模样了。

这年，马丽满16岁，在杨教授家当保姆。杨教授其实是副教授，在云南文山民族学校教汉语言文学。

马丽给覃向东挪了张椅子，给覃向东倒了杯茶。然后，笑眯眯瞅一眼覃向东，再瞅一眼，退出教授的书房。

马丽的脸有点烧，她问自己："怎么能够这么像呢？"话在心里说的，没出声。

覃向东要走，马丽开门。覃向东欠欠身，挺有礼貌："谢谢。"

覃向东远去，背影一点一点变细，马丽站在阳台上，痴痴望。真的像，太像了。

教授在喊了："红红，又东张西望啥，玩心来啦，想出去玩？红红啊，你该争取时间看些书，多学点东西……"

马丽手忙脚乱将整个身子缩回屋子里。

与马丽有着拐弯抹角亲戚关系的教授一直以"红红"来唤马丽。马丽是汉名，姐姐取的，她的彝族名字叫依米红红，比汉名美多了。

覃向东刚才对马丽说谢谢时，马丽差点鼓起勇气说："我叫马丽，欢迎你再来，我还给你开门。"

覃向东再没出现，教授家隔三岔五还有学生来。有些来得很勤，有个叫韦素娇的几乎每周来。韦素娇学写小说，常拿文章上门请教授指点，又请教授推荐到报纸发表。

肥矮的韦素娇羡慕马丽清秀的脸蛋，羡慕马丽柳条一样的细腰，说："你该去普者黑跳舞，和游客一起划船也行，在那上班工资比这高。"普者黑，是云南文山的旅游胜地，有"小江南"之称。

韦素娇问马丽愿不愿去，她有个堂哥在普者黑当不大不小的负责人，他开口说话，准成。

搁以往，马丽定喜得蹦起来。现在，她更愿当保姆。马丽偷乐，咋舍得离开，英语老师在这里呢。哦，说错了，不是英语老师，是覃向东。

马丽手脚麻利，做饭，洗衣，拖地……完了，刚闲下来，教授喊了："红红，昨儿个给你的书看多少了？"

马丽叫苦不迭，她看不进书，一页都钻不进脑子。

马丽不喜欢读书，从小学到初中，学习成绩一塌糊涂。也有例外，马丽的英语好，成绩能排班上前五名。马丽爱上英语课，因为，英语老师长得跟覃向东一模一样，简直一个模子刻出来的双胞胎。高大，俊朗，额头开阔光亮，笑时两个嘴角凹进去，成俩酒窝。两人唯一不同的是，英语老师的头发自来卷，覃向东是小平头，短发根根站得笔挺。

迷恋英语老师的不止马丽一个，班上女生都爱他，一个一个敢在宿舍里大喊大叫:“我爱迷迭香，迷迭香，我爱你。”英语老师是汉人，姓米。

马丽从不公开宣布自己喜欢米老师，她只是狠下苦功，学英语就像上战场拼命。

马丽悄悄瞎想，覃向东再不来教授家请教问题，她就去校园里乱转。马丽祈祷，精灵保佑啊，鬼神保佑啊，让她再见上覃向东。精灵和鬼神，是彝人最信仰的神灵了。

真撞着了。

马丽去买菜，从学校食堂前绕道，覃向东左胳膊窝夹个足球，右手捏搪瓷饭盆往食堂走。马丽闪到一边，低头，又赶紧抬头看，使劲摆出笑脸来。覃向东随意瞟一眼，没心没肺大踏步走过去了。他不认识马丽了。

往后，马丽一有机会就绕道食堂，绕道足球场。买菜，去干洗店取杨教授的西服，去复印杨教授的手稿，通通多走好长一段路。

又见着了，覃向东在足球场大呼小叫踢球，运动衫被汗浸透，紧贴身体，露出鼓鼓肌肉的轮廓。汗衫上尽是泥印子，脏透了。

能替他洗就好了，马丽抿嘴唇，自个儿傻笑。

“嗨，红红，你乐啥?”韦素娇也不知打哪蹦出来，吓了马丽一跳。韦素娇早与马丽熟透，也喊她红红了。韦素娇将自己淘汰的一条七成新围巾送给马丽，说以后红红你就是我小妹妹啦。韦素娇常在杨教授家进进出出，她知道红红虽是个山里来的小保姆，但与她交好了不会有苦头。

马丽脸上有红云飞上来，嘴硬:“我没笑。”眼睛扫一眼韦素娇，扭头，还追球场乱跑的身影。

韦素娇瞧出究竟了，细细声:“啊哈，你喜欢那男生?”没容马丽否定，便又说，“追吧，追吧，我帮你……”

恼，被人洞穿了心底秘密。马丽瞪韦素娇，甩头就走。廉价皮鞋落在校园石子路上，吧嗒吧嗒，吧嗒吧嗒，一声比一声响得急。

韦素娇再来教授家，马丽却悄悄问:“素素姐，你和覃向东同班?”

“我是他师姐，他比我低一年级呢。”

韦素娇出馊主意。写诗示爱，写情书，跑去对着他唱歌跳舞也行，坚持不懈给他洗臭袜子最好，送汤给他喝呀……

马丽羞红了脸，赌气，把背影晾给韦素娇。小保姆哪能追大学生，没边的事儿!

再来，韦素娇忍不住，继续指点江山:“红红，我有个最好的办法，百发百中……”韦素娇说，“在我们家乡广南县的一个寨子，有个壮族老巫女，叫三道婆，都说她会放蛊，若是请她在覃向东身上种下情蛊，嘿，保管他一辈子死心塌地爱你。”

世上还真有蛊毒?马丽张口结舌。她在四川凉山彝族自治州的黑水河边长大，小时，常听人说贵州和湖南湘西有人会养一些毛骨悚然的小虫子，小虫子叫蛊，用蛊去害人，人会七窍流血而亡。

马丽把头摇成拨浪鼓。不是不相信世上真有神奇的“情蛊”能让人死心塌地爱上自己，而是她压根就不会去用那东西，尤其，是“种”在覃向东身上。可能吗？可笑。

往后，再往后，韦素娇透露消息，你那心爱的情哥哥有女朋友啦。

马丽撇撇嘴，笑。看不出是欢笑还是苦笑。

覃向东的女朋友长得美，是学生会文娱部长，和他一样，壮族。马丽撞上他们一次，他们亲亲密密胳膊缠着胳膊，去食堂吃饭。

马丽不当保姆了，去普者黑了。穿上彝人民族服装，和一个彝族小伙划一条船，在美不胜收的荷花荡里唱歌，和嬉戏的游客打水仗。经常笑得差点岔气，渐渐地，好像忘记覃向东了，更忘记英语老师“迷迭香”了。

越过半个春天和半个夏天，周末，韦素娇带着三个同学来普者黑游玩。见马丽第一句话：“红红，我堂哥说，你在这里干得很好，大家都很喜欢你。”

第二句话，声音低了：“覃向东少了半截腿……”

像被硬木头狠狠撞中了头，马丽脑子里“轰”一声，呆了。

原来，三男三女搭伴，准备在云南麻栗坡口岸办边防证去越南玩。还没出关，瞅见路边山坡上的野花开得很盛，女友嚷着要。覃向东真去折了，采到了，回头走，摔一跤，地雷响了……

韦素娇说：“听说他们很谨慎的，看到野花旁边有人赶着牛在犁地；他们还拼命往地上乱扔好多石头，确定那地方的地雷被扫干净了，覃向东才小心翼翼踏上去。”顿一顿，看马丽呆着，没反应，补充道，“我们学校，听说先后有好几个学生被地雷炸了，都是去越南游玩时在边境线炸的。覃向东运气好，只伤到脚，前年有一个，死了。”

马丽听不下去了，木木的，陪韦素娇，陪韦素娇的同学们在普者黑的美丽山水中游玩时，像极了一个木偶。

想了三天，马丽决定辞职。人说“好马不吃回头草”，马丽不管这些，回头给杨教授当保姆去了。

又过了两天，马丽去医院看覃向东了。他的伤不像韦素娇说得那么严重，挨地雷炸不假，不是少了半截腿，而是右脚整个脚掌没了。白纱布团团包围着，像缠木槌。

覃向东奇怪地看着马丽:“你是谁?”

马丽想哭，放下手里拎着的苹果。“我是杨教授家的保姆，杨教授要我替他来看望你。”覃向东道谢，不看马丽的脸，看腿上的白纱布。

马丽常常“替”杨教授来看望覃向东了。她奇怪，问覃向东：“怎么不见你女朋友来陪你?”

这下，轮到覃向东想哭了。他的女友，漂亮的文娱部长覃斯斯来医院一次后，再没现身。

迟疑半天，马丽终于坐车去广南了，找三道婆。

平房，老屋，屋子里黑乎乎的，潮湿阴冷。马丽打着寒战：“您是三道婆婆吗？我想，想……”舌头弯弯绕，没下文了。

三道婆懒得看来人，问:“买药，啥病?”站起来，手上端个铁碾子往内屋走。

马丽跟着走，支支吾吾，就是开不了口。还没开口说事，忽然尖叫起来——屋子里，角角落落尽是瓦瓮，有的敞开着，看得见里面蠕动的蛇、蜈蚣、蝎子、蜘蛛、蚂蚁、乌龟等五花八门的东西。

“这，这是什么？”马丽结结巴巴问。

“丫头，”三道婆拒绝回答，继续问，“你来买什么药？”

实在不敢看瓦瓮里令人胆战心惊的东西，马丽闭上眼睛，狠狠心，说，“我来买情蛊。”

“情蛊？买情蛊？干吗买情蛊？”

马丽又不说话了，转身，睁眼，泪在眼眶转几个来回。

三道婆站在马丽前，伸手，擦马丽的泪，声音柔和好多：“丫头，有啥委屈啊，跟我老婆子说道说道，看我能不能帮上你……”

恍恍惚惚，马丽将三道婆当自己的奶奶了，前因后果，和盘托出。最后，道：“我想请您在他身上种情蛊，我想让他像我爱他那样喜欢我，我们往后能结婚，我就可以好好照顾他一辈子了。”

三道婆叹气，这么回事啊。老婆婆指着大大小小的瓦瓮说：“这些，就是我养的蛊。这些，全是毒蛊，你要的情蛊嘛——”暂停，问，“你说的这个小伙子叫什么名字？现在在哪里住院，年龄多大了？我全知道了，才好为你准备情蛊。”马丽慌不迭地一一相告。

“好吧，丫头，你隔一个星期来取情蛊。”

一星期，过得好慢。再去广南，马丽真拿到情蛊了，小小的一纸包粉末，绿色。三道婆意味深长地说：“丫头，你可要想通彻啊。世上最毒的蛊就是情蛊，不是对别人毒，是对你自己毒。一旦他吃了这粉末，情蛊就种到他心里去了，你和他就一辈子捆一块了。

你，就要一生一世照顾一个残疾人了。”马丽没迟疑，咬下唇，咬出一排细细牙齿印。

三道婆另外送给马丽稍大一包药粉，黑色。说情蛊生效后，每天给覃向东喝，能巩固爱情。

无论怎样憋着，往鸡汤里撒情蛊粉末时，马丽的手始终抖得如筛子。看覃向东面带着笑意仰着脖子喝鸡汤，马丽的心哆嗦起来，一会拧成麻线团，一会软成烂泥。

一口气，喝完大半，覃向东说:“马丽，我知道这不是杨教授给我煲的汤，是你为我煲的汤。”他双目炯炯，盯牢马丽的眼，“马丽，我先要谢谢你。然后，我想告诉你，我爱你。”

叮当。马丽手上的不锈钢勺子落在地上，打了个滚，不动了。情蛊，情蛊，神奇的情蛊生效了！马丽抱住覃向东的脑袋，掉眼泪。

腿伤好得很快，50天，覃向东出院了，拄着拐回学校上课。

覃向东还喝鸡汤，鸡汤里马丽还遵照三道婆的叮嘱，偷偷添了黑色粉末。

两个人，正式相爱了。

马丽跳舞。扭腰，摆脑，手轻轻捶打覃向东，还轻轻骂覃向东。“这是我们彝人的洗尘舞，给贵宾以最好祝福的舞。”打和骂，也是表达爱的一种“道具”。

马丽跳舞。脚在地上踢踢踏踏，响声清脆，全身随踏步节奏欢快舞动。“这是我们彝人的阿妹戚托，是我们心目中最快乐的舞。”

覃向东问，什么叫“阿妹戚托”？马丽舞，舞，舞一阵，停，将嘴凑近覃向东:“就是彝族姑娘出嫁舞。往后，在我们喜日子那天，我要将阿妹戚托整个12段全舞跳给你看。这是我们每个彝族姑娘最甜蜜的舞……”

覃向东看马丽跳舞时，他的同学也时时有幸跟着当观众。要好的同学背地里说：“向东，你小子好命。小丽，比那个混蛋覃斯斯还美!”

这不是吹捧。覃斯斯时尚有活力，红红清水出芙蓉；覃斯斯虚荣，红红超凡脱俗——覃向东早喊马丽为“红红”了，他越来越发现，红红全身上下全是优点。好险，差点错过真心实意爱自己的一个好女孩，世界上最好的女孩。

同学们又担心：“向东，都说彝人女孩不跟异族结婚呢，你是壮族，往后咋办?”覃向东笑：“翻什么老皇历瞎操心，那是什么朝代的事了。我们红红说了，她们四川凉山的彝人早就可以和汉人结婚了，别提壮人了……”

韦素娇毕业了，向马丽告别时，大吃一惊，将信将疑问：“世上真有情蛊?”

马丽突然惊醒，差点被幸福冲昏头脑了，得感谢三道婆去。

三道婆笑：“那不是情蛊，是药，专治跌打损伤烧伤烫伤的壮药，后来那包黑药也是。我历经几十年精心制作的壮药，保管立竿见影。”

所谓的神奇的“蛊”，其中大部分竟是苗族人、壮族人用深山老林里富有毒性，却同时又富有药性的小动物、小昆虫，根据“以毒攻毒”药理精心制作出来的药品；另一部分，则是药草经过细心浸泡，调配，研磨成药剂形式；只有极少的一部分，过去年代确实被人利用某些药物的毒性来害人，骗取钱财。“蛊”之名，只是这些少数民族的民间药剂、药物、药方披上的一件神秘诡异的外衣，其目的仅仅是让老百姓带着宗教般的虔诚，既严格遵照医嘱按时按量吃药治病，同时又能由此产生心理治疗的诊治作用。

马丽彻底糊涂了："那那，那他，他他他为何忽然喜欢我了？以前，他总是懒洋洋的，哪怕好好瞧我一眼都没有。"

三道婆乐了，抚摸着马丽的挽髻的黑发："傻丫头，像你这样美丽又心地善良的好女孩，而今这年头打着灯笼都难寻，人见人爱哪。他，只是一时迷了心智，没清清楚楚看明白你。我呀，向你问清这个叫什么向东的小子的名字、地址，就跑医院去跟他说，世上有个最好的女孩，一直悄悄爱着他……"

马丽张着嘴，想笑，没笑出来。想哭，没哭出来。好半天，怪不好意思地揉揉眼睛，再吸了几下鼻子。三道婆的屋子里，有一种好闻的药味，像深山里的兰花一样香。香，好香，格外香。

情感点评

世界上如真有蛊，那最毒的无疑是情蛊了。因为，它能让人死心塌地爱一个人。爱，在情蛊的作用下，不再美好，形同奴役。可，世上又确实有一种蛊，易让人为爱所俘虏。这种蛊，用善良和真情熬制而成。就像彝族女孩马丽，她用自己的善良和一往情深，俘虏了壮族男孩覃向东。

年年桃红，岁岁桃红

赶集那天，母亲摘了树上的桃去卖。他哭着喊着追着跟去，他要母亲给他买个泥捏的“叫公鸡”。

走出两里地，母亲放下挑子休息，他也就停脚东张西望。路的旁边有栋屋子，一个女孩站在门前，眼巴巴地看他和他的母亲，看挑子两头篾筐里红得发烫的桃子。女孩的一个小手指头，不知不觉插进嘴里。

母亲歇足了，站起来，将挑子放上肩。他瞅瞅女孩，女孩却没瞅他，只死死盯着篾筐里排得整整齐齐的桃，把手指咬得更牢了。他迟疑了一下，看母亲大步走，偷偷从后头那个篾筐里拣了个格外大的桃子，悄悄地放在地上，用脚一拨，桃子便骨碌碌直奔那女孩滚过去。

女孩一愣，脸马上红通通的，比桃子还红。女孩冲着他笑了笑，弯腰捡了桃子立刻抱在怀里，一折身，跑进屋了。他跟在母亲身后走了好些步，忍不住回了头——那女孩，又站到门前来了，望着他，正冲他甜甜笑着，手上举着个什么对着他晃呀晃。

母亲终于发现少了个桃。那年月的赶集，买卖不以钱币交易，而是以货换货。母亲拿桃换盐，换油，换布匹……母亲说，明明数了三遭的，怎么就少了一个哩。他站在母亲身旁，心一哆嗦，耳朵根都红透了。母亲一声吼："你偷吃啦？"他没说话，眼泪却已吓出来了。

母亲气冲冲地数落了他好一通，他盼了好久的泥玩具"叫公鸡"没给买。

回家的路上，他一路低着头，默默地跟在母亲后头走着。"小哥哥，小哥哥。"有个细小声音响起时，他才抬头。是那个小女孩，又站在门边冲他笑。他慌里慌张抹一把湿湿的眼睛，也挤出一点点笑。女孩跑过来，往他手上塞了个小玩意，天哪，竟然是个"叫公鸡"。上面涂着深红的漆，虽然有点旧了，但依旧挺好看。他好兴奋，将这个用泥烧制的小玩具放嘴唇边一使劲，就吹出了欢快的声音。女孩笑得更厉害了，张开嘴，她的大门牙都掉了俩还没长哩，像个漏风的破窗户。

这年，他 6 岁半，小女孩差一个月 6 岁。

隔年桃子又红的时候，母亲再去赶集，他又犟着要去。他对母亲喊："我不要买叫公鸡，也不要买铅笔文具盒，什么都不要买，还不行吗？"

这一回，他没跟在母亲的挑子后面走，而是冲在前面，猛跑猛跑，一口气跑出两里地才刹住。他在路边拼命唱《我爱北京天安门》，唱得地动山摇。女孩一下子就跑出来了，朝他笑了又笑。

他回头望望，母亲的身影小小的，还远着呢。他赶紧从裤兜里掏东西，从左边裤兜掏出一个鲜艳的桃，从右边裤兜掏出一个鲜艳的桃。他说:“我都说了吧，这两天肯定给你送桃子来吃，快，快收起来，我妈过来了。”

他确实是先说好了的。在课间休息的时候，他都跟女孩“预告”了不下 10 次了。他和她，都是小学一年级学生了，在同一个班，不同桌。他还说:“我瞒着我妈妈把桃子带到学校给你吃那不好，别人见了会抢吃的。我送到你家里去，你就可以一个人吃俩整整的桃子了，我一定选最大最甜的……”

再去上学的时候，女孩对他说:“你的桃子真甜。”

他笑，很骄傲:“我家今年又新栽了好多桃树，以后我年年都送最甜最大的桃子给你吃。”

女孩说:“真的？那我长大了就给你做婆娘，年年吃你家种的桃。”他一怔，只几秒钟就咧嘴乐起来了:“好，娶你做我婆娘。”

都说童言无忌呢，可他把话记在了心里，女孩似乎也把话记在了心里。年年桃红时，他总想方设法悄悄赶在母亲去赶集卖桃前选了最大最红的桃子藏起来，然后偷偷摸摸往女孩家跑。

初中一读完，他就辍学了。母亲爬桃树跌下来，断了腿，大夫接骨没接好，母亲也就彻底瘸了。他稚嫩的肩膀不得不提前扛起半个家。

他给果园里的桃树拼命施肥，又栽下好些株李树。他还给女孩送桃，在桃子红了的时候。不用瞒着母亲偷偷摸摸了，赶集的担子已落到他的肩头。赶集的路上，他铁定会在女孩门前休憩片刻，撂下挑子，选最鲜艳的桃子捧给女孩，女孩则笑吟吟地捧出她的奖状来，给他看，说又得了第一名哩，说她一定能考上大学。

女孩就站在他身边，嘴里一边脆脆地咬着他的桃子，一边叽叽喳喳说个不休。挨得那么近，他忽然闻到女孩身上传出一股奇怪味道，很好闻，香香的。这气味搅得他心里有些发慌，他从板凳上站起来，说："我得赶集去了，去晚了，集散了，甜桃就卖不出去了。"

女孩扯住他的衣袖，调皮地嚷嚷："卖不出去，全给我吃啊。"却又一蹦，蹿屋子里去了，"我换衣服去，换衣服去，我跟你一起赶集去。"

女孩真的换上最漂亮的裙子了，出门来，却见他一路疾走，已去了好远。女孩翘起嘴在后头气急败坏地追："你等等我啊，等等啊，等等。"

因为有了漂亮的她在挑子旁，又加上她不停歇地与买主们讨价还价，他的一担桃子意外地多卖了好些钱。买回油盐酱醋等日用品后，他狠狠心，买了俩塑料发夹，都是红艳艳的颜色。他在心里盘算着，一个别在母亲头上，余一个……

他将发夹握在手上，看着女孩的眼睛，却尴尬得一个字也吐不出。女孩看着他，一扭身，指指头上。他果真老老实实给女孩别到油黑发亮的头发上去了。他的手有点抖，一连别了四次才别稳。

女孩说："以后再赶集，我再跟你一起去。"他好想像小时那样，大喊一声"好"，可他终究没能发出声，只是很用力地点头又点头。

又是桃花红李花白的春天，女孩来他的果园看花。跟在女孩身后的，还有好些个打扮得时尚靓丽的男男女女，都是女孩的同学。也不知他们从哪弄来一个照相机，在果园子里咔嚓咔嚓乱摁个不停。女孩总是大声地喊他，拽着他东东西西南南北北，要他摆姿势，硬要和他靠在一起合影，一张又一张。

他后来看到了那些照片，看了许久才认出自己来。脸怎么会那么那么的红呢，是桃花映的，还是当时有什么抓心的念头在一把一把烧他？他迷迷糊糊的，不敢去想。

女孩真的考上大学了。并不远，就在省城，据说翻过一道道山，再坐一趟火车，就能到。去上大学那天，女孩有点霸道地对他说："你答应了的，最甜的桃子要留给我吃。现在我去城里读书了，最甜的桃子你仍得留给我吃，不许给别人吃。"他已是个越发寡言的大少年了，咬着牙，只说了半截话："我还送……"

桃子红了，女孩没回村里来。去赶集，他在女孩家门前休息了好久，最后选了一捧最大最红的桃子埋在女孩家后头的泥地里，埋得好深。这一捧桃子，以后有好多次都出现在他的梦里，好像桃子是埋到了他心里的最深处，而不是泥地了。

暑假，女孩回来了。桃树上的叶儿还是绿绿的，却只有干巴巴的几颗小桃子挂在枝头。

他挖开泥，闻到了一股臭味。看着腐烂的桃子，望着他狼狈不堪的样子，女孩咯咯咯笑起来。

女孩捧出花花绿绿的水果，请他吃："这是火龙果，这是荔枝，这是美国提子……"

他吃着，摇着头："没我的桃子甜。"

女孩也说："对，没你的桃子甜，我还是最想吃你种的桃。"

女孩还愤愤不平说："你晓得不，城里的水果贵死了，比你的桃子贵好几倍。你的桃子要能卖到城里去，多好啊。"停顿一会儿，女孩又兴高采烈地介绍起城里的所见所闻来，看他听得两眼发直，女孩出主意:“等到桃子红了，你送桃子来给我吃吧，我领着你在城里转一圈。”

他真的去女孩的大学送了一趟桃子。

幸亏读过初中，他没费什么周折就找到女孩的大学了，见到女孩了。女孩见到他时，大吃一惊，再见到他提着的一竹篮桃子时，就欢呼起来，立刻招呼同学一起品尝。大家兴奋地叫着，都夸这是吃过的最甜的桃子。

他有点得意，又有点难受。这些桃子，是他一个一个仔仔细细拣出来的，桃子还在树上的时候，他就算计好了，这是给女孩吃的，可是，现在全被人瓜分了。他看到，女孩仅仅抓一个在嘴里啃着。

他没让女孩领着他逛省城，当天就匆匆返回了。他在心里暗暗对自己说，真不该去送桃真不该去送桃。是的，不去送桃就看不到她和好几个高高大大白白净净的男孩都走得很近，就不会发现和她手拉手走在一起的那些女学生竟没一个比她更漂亮哩。

又是桃花初露点点红，女孩正在家过寒假，突然听到了他要结婚的消息。女孩吓了一跳，想都没想，就跑到了他的果园。

他在桃树下挖坑，给坑里施肥的是个壮实的女子，正是即将与他成婚的姑娘。女孩好恼，猛一推，就将他推坐在地上了。女孩带着哭音喊:“你答应过的，年年给我最甜最大的桃；你答应过的，你要娶我。”

他站起来，拍打着屁股上的泥，头一回说了长长的话:“你爱吃桃，年年桃红时，你就回来吃吧，拣最好的吃；你不回来，我就按着你的地址寄。只是，你终究是一只高飞的鸟啊，即便会飞到我的桃树上来吃桃，天性却该是飞到高高的白云上去，飞到远远的天边去……而我，始终是那个种桃的。其实，我站在树下看你叼了红艳艳的桃子飞去，我也会很高兴呀。”

女孩沉默了，而后哭了，抱住他的腰：“阿哥。”哭够了，看到呆呆立在一旁的姑娘，女孩又扑进了她怀里，抽泣着喊了声：“阿嫂。”

姑娘抚着女孩的长发，柔柔地说：“妹子，你放心，你阿哥不给你寄桃子，我给你寄……”

情感点评

在那桃花盛开的地方，有我迷人的故乡，桃园荡漾着孩子们的笑声，桃花映红了姑娘的脸庞——歌是这么唱的，而眼前，不是一位美丽的姑娘站在桃树下，而是一位痴心而又睿智的阿哥。他痴心，因为心底还眷念着青梅竹马的女孩；他睿智，因为他深深懂得如何去把握自己真正应该拥有的幸福。

咚咚，咚咚咚咚

家住深圳市龙华镇的肖桦，一辈子只和父亲看过一次电影。

甘肃兰州，5 岁生日，父亲对女儿说：“细妞，爸爸带你去看电影。”

肖桦一蹦三丈高。

人说“女儿是父亲的小情人”，这话绝了。肖桦上有两个哥哥，她最小，家穷，两个哥哥的生日过了好多遭了，可父亲从没带任何一个哥哥进过电影院。

忘了电影名字，只记得是地下党员和国民党特务斗智斗勇。

回家的路上，肖桦骑在父亲肩上，小嘴里噼里啪啦，话没断：“爸爸，坏人来了，好人就在门口挂个红灯笼。坏人去了，好人就将红灯笼取下来……”

年纪太小了，分不清敌我，只懂简单区分坏人好人。屏幕上的故事情节记得一塌糊涂，唯一记得清清楚楚的，就是那个“红灯笼”的细节——这，实际上是地下党员的联络信号。只记得这一镜头，那就反复讲述这个镜头。从电影院回家，有四五里路吧，肖桦骑在父亲肩上，将红灯笼说了又说，说了再说。

父亲心里一动：“细妞，我们也在家门口挂个红灯笼好不？”

“好！”夜幕里，有一声格外响脆脆的回答。

免费的红灯笼没弄到，街头商铺里，要花钱，舍不得，决定换信号了。父亲将一盆花搬到了窗台右角。那是一盆兰花，野生的，它的第一故乡在兰州郊外的山里头，是父亲移栽到自家花盆里的。

父亲和肖桦有了约定，悄悄地，瞒着妈妈和哥哥。兰花摆在窗台上，就证明爸爸在家，肖桦回家敲家门时，就敲暗号：“咚咚，咚咚咚咚。”父亲解释说，这就是用敲门声在喊我了，喊的是：“爸爸，细妞爱你。”父亲还要求，细妞，等你在家，你要将兰花摆上窗台右角。爸爸看到窗台上的兰花，回家敲门：“咚咚，咚咚咚咚。”那就是爸爸在说：“细妞，爸爸爱你……”

肖桦兴奋坏了，当场喜得憋红了小脸，握起小拳头在父亲胸膛上擂起来：咚咚，咚咚咚咚。

“地下工作”如火如荼地开展起来。窗台上那盆兰花，簇生的叶细长碧绿，开出了紫色的细小花朵，满屋子的角落都飘满了兰花香。

肖桦乐此不疲地敲门，咚咚，咚咚咚咚。

肖桦乐此不疲地将花移来移去，搬上搬下。

肖桦在屋子里静候熟悉的6记敲门声响起，然后飞跑去开门……

进了幼儿园，进了小学堂。每天放学回家，近家门口了，肖桦一仰头，看到窗台上摆着宝贝的野兰花，一定飞跑着往家冲刺。气喘吁吁上楼，手忙脚乱敲门，咚咚，咚咚咚咚。哪天，窗台上没那株兰花，肖桦便没精打采的，懒洋洋用挂在脖子上的钥匙开门，回家。

因为有了父亲和肖桦双重的精心照料，窗台上那株兰花越长越旺了。放学回家的路上，肖桦还跑去建筑公司捡了半书包洁白的鹅卵石，洗净，围在兰花的根部。

肖桦对兰花说，快快长，快快长，长到我嫁人那天，我要爸爸把你送给我当嫁妆……说完，自己偷偷摸摸脸红了。

兰花很听话地健康成长着，父亲却没法手捧兰花送给肖桦当嫁妆了。

肖桦 11 岁那年，在上语文课，窗外有人使劲朝她点点戳戳打手势。她走出教室，发现是个邻居。邻居说："你爸爸出车祸了，你快回家。"

肖桦哭着喊着猛跑，跑飞了左脚上的一只鞋子。等她连滚带爬赶到医院，父亲已没了声息。

父亲躺在棺材里，入殓完毕，封棺。两眼早肿成红桃子的肖桦忽然清醒过来，她走近棺材，轻轻地敲了敲棺材板："咚咚，咚咚咚。"敲一遍，不够，再敲："咚咚，咚咚咚咚。"还不够，继续敲……

有人摇头，说，这孩子，怕是伤心得跑魂了。

肖桦的魂没掉，她一如既往地上学去，回家来。只是，原本欢蹦乱跳的疯丫头，陡然多了许多沉静，很少笑了。

周日，肖桦一个人独自在家时，她将冷落多日的兰花移到窗台右角，然后静静地坐在凳子上等。等呀等，始终没人来敲门。肖桦自己站到门后边去，一边望着窗台上的兰花，一边敲门，自己敲给自己听：咚咚，咚……

没法敲完，肖桦捂住眼睛，靠着门背哭了："爸爸，爸爸呀。"

野兰花很快枯萎了，肖桦使劲浇水添肥都没辙。母亲叹气，人死了，他的花都跟他去了。母亲将空花盆端走了，不知道野兰花干枯的尸体最终去了哪里。不见了也好，免得见一回就真的好想哭一回。

仍旧去郊外的山里头玩过，可肖桦再没挖野兰花回家养过。偶尔一次两次，肖桦放学回家，近家门，不由自主地会抬头望。窗台上，空空的，没花，有次，见到一个滴水的拖把在晒太阳。

17岁那年，肖桦到深圳了。二哥从武汉大学毕业分配到深圳，工作两年后，也就想方设法将妈妈和妹妹迁进特区了。肖桦在深圳读书，在深圳找工作，日子匆匆，却又好似是在悄无声息地慢慢晃荡过去。肖桦依旧沉静如水，不爱说笑。夏日的深圳阳光其实真的很烈很烈，可她的脸上始终少有倾泻而下的灿烂。顶多，是同事们使劲开玩笑，她嘴角边会捉迷藏般让一抹浅笑瞬间即逝。

有人给肖桦介绍男朋友。第一个，没成。第二个，成了。结了婚的小两口，买房住在了深圳龙华镇。

是个星期二，下班归来。该是鬼使神差吧，近家门，肖桦抬头，忽然觉得有点异样。干脆停下脚步，细看，确确实实有情况——她家的窗口，挂着红艳艳的一个大红灯笼，耀眼得很；窗台右角，有盆碧绿碧绿的兰花！

肖桦有点目瞪口呆，一脑子云山雾罩地往家走。掏出钥匙想开门，门没开，里面有人在敲门："咚咚，咚咚咚咚。"

好陌生，又好熟悉的声音！

无论如何也忍耐不住了，肖桦原地站着，一刹那，已眼泪汪汪。

门打开来，丈夫兴高采烈地喊："细妞，维C爱你。啊哈，你的名字原来叫细妞……"

瞅见肖桦在哭，丈夫维C赶紧悬崖勒马，不继续说笑了，只急急来握她的手："你怎么啦，怎么啦，你？"

肖桦问："你怎么知道的？"

维C抹去肖桦眼边的泪："你妈告诉我的。"

原来，母亲早知道肖桦和父亲之间的"接头暗号"。只是，母亲担心窗台上的兰花会勾起女儿更深的伤心，于是狠下心来用一瓢开水偷偷摸摸浇了一回花盆。母亲以为"置之死地而后生"，肖桦会从此淡忘父亲，重新恢复到活蹦乱跳的疯丫头性子……

窗台上的野兰花，是维C从深圳梧桐山的泰山涧旁精心挑选了移栽到花盆的。维C用手将野兰花的叶片擦拭三遍，擦拭得油光碧亮。然后，他走到门边，有节奏地敲门："咚咚，咚咚咚咚。"

维C笑眯眯看着肖桦，说："阿桦，你一定要记住：爸爸去了，他的爱还在；爸爸去了，他的爱永存。"

肖桦咬着嘴唇，全是像笑又像哭的好笑表情。她使劲点头："嗯。"

稍后，肖桦从挎包里掏出一张化验单，眉眼里都快滴出笑来了："维C，医生说，我有了——"

情感点评

父亲的爱是一株野兰花，很香很香。心上人的爱，也是一株野兰花，很香很香。世界上所有的爱，都是一株野兰花，也许她细小，也许她丝毫不醒目，但她很香，很香。

第二章 DI ER ZHANG

等着你回来

斑鸠，斑鸠

斑鸠在地上觅食，小脑袋一伸一缩，忽然低头啄点什么，复又扔下，继续寻寻觅觅。有只跳上栏杆东张西望，偶尔，也瞟苗远。

斑鸠一身灰，唯颈旁蓬蓬松松半圈白，远看像脖上挂项链。腿脚橘红色，走得那一缓呀，恍如戏台上旦角的碎步，但比她们优雅。

苗远想，该为鸟们摄个影，名字悄悄取好了，叫《舞台》。可惜了，相机没带。

苗远将手上的书搁栏杆上，专心看斑鸠。

微风徐来，有一页没一页乱翻书。几页书翻起，又落下。风不心甘，再来一次，又来一次，忽然急躁一把，“啪”，书掀到地上。鸟们惊一跳，却不慌，缓缓振翅，飞走了。

苗远的目光追随斑鸠轻盈的身影，由近及远，远，更远——他看到妙果了。

妙果16岁，是灵官寺的尼姑。

妙果弯腰在灵官潭边洗衣服，头顶有戒疤，嘴里哼歌——没词，只是调调。听不出是什么调，但肯定不是梵音。小阳春了，有几株桃怒绽粉红，又有几棵李缀一簇簇嫩白。桃和李，都灿烂在妙果身后不远的地方。

苗远信步过去，他忘了自己的书。身后，书兀自躺地上，素面朝天，封皮上现几个字：《藏地牛皮书》。此地却不是西藏，是湖南省益阳市金盆桥村，一个连绵的矮小山头和稻田重重包围的村落。

五步开外，立定，听会儿，苗远问："小师父，你唱什么歌？"

歌声戛然而止，妙果抬头。苗远一下记住她了：两眼墨如炭漆，因张皇，圆脸比桃花红。唐时的诗人真是高，一句"人面桃花相映红"，绝！

小尼半晌没作答。苗远再问："你刚才唱的歌很好听，是什么歌？"

妙果拧衣裳，装桶里，疾步离去，忙里偷闲说句："我不知道，不知它叫什么歌。"妙果娇小，灰色僧衣宽大。

苗远觉得好笑，想，自己哼的歌不知是什么歌，有这事？

进灵官寺，苗远又见到小尼姑了，问："你叫什么名字？"

妙果正侍弄香油灯，没抬头，用右眼余光瞟苗远，看着香油灯跳动的火苗，低声说："释妙果。"

灵官寺好小。

没藏经楼，没钟鼓楼；佛殿有，供奉威严不足慈爱有余的灵官菩萨；法堂也有，小得可怜，缩佛殿后，一间平房而已；法堂右侧，是三四间厢房，该是尼姑们的生活用房了。有座佛塔，青砖结构，八角，九层，密檐式，塔刹却不见了，东南侧坍塌好大一片。何年何月何人建筑？苗远出寺，沿狭窄青石板小路蜿蜒而下，近灵官潭楠竹林旁有座古朴石拱桥，小巧，年岁不低。

苗远问佛塔年龄，问竹林边小石桥是否归属灵官寺，妙果一概摇头。

苗远苦笑，但对破旧佛塔和小石桥喜欢得不行，更喜欢小石桥的名字，居然叫“一座文章桥”。有啥来由？只见桥名，不见题款，隶体，字颇具蔡邕《熹平石经》韵味，不知哪个无名高人题写。

站功德箱前，苗远掏出300元，塞进去。

妙果吃惊：“你捐的香火钱是我们收到的最多一个。”苗远笑，心说，我掏的不是香火钱，不过预支“买路钱”，我爱煞这世外桃源般的景致。

再去灵官寺是俩月后。

巧了，灵官潭边又见妙果。妙果蹲地上，斑鸠围着转，转。

苗远走近，悄悄看妙果撒食喂斑鸠，跟鸟们说话。有俩斑鸠吃饱喝足了，跳上妙果肩头轻柔呼唤：咕咕——咕，咕咕——咕。

这回有备而来，凝视这和谐一幕，苗远端起相机。“咔嚓”，妙果闻声仰头，怔了一下，转瞬，特别高兴：“苗先生？你又来了。”

苗远心里暗道，不该喊我先生，该称施主才对呢。这么想着，脸上有了浅笑。

妙果说，灵官寺没人来参观，香客也少，附近农民有病痛才来烧香磕头，或者逢年过节来给菩萨上香祈愿风调雨顺家运亨通。

妙果说，寺里不只我和师父，还有一个妙因师姐，去峨眉山佛学院读书了，等师姐回来，就该我去峨眉山了。

妙果说，每天 5 点起床，上香、诵经、洒扫、开庙门。

妙果说，早餐吃白粥、咸菜；中午和晚上吃米饭、青菜、豆腐或者笋子、地瓜。青菜是自己种的，笋子竹林里多的是；晚上诵经，9 点一到就上床睡觉……

苗远微笑，一会看斑鸠，一会看妙果。末了，苗远说："妙果，你上回哼的歌叫《妹妹找哥泪花流》，电影《小花》插曲，刘晓庆和陈冲主演。"

妈妈死时，妙果 6 岁，被姑姑接到灵官寺来了。姑姑现在叫净心师太，妙果叫她师父。妙果的爸爸去世更早，死在宁乡县煤炭坝的煤窑。那歌，是妈妈时常哼唱时她偷偷学的，她真不知道歌名。其实，苗远本也不知道这歌，回省城长沙，隔天在办公室情不自禁哼那调，他的助理——一个中年女子，好奇怪他居然熟悉多年前风行一时的《妹妹找哥泪花流》。

苗远说，你们灵官寺其实是座怪庙。灵官菩萨本名王灵官，是道家的"神仙"，竟被佛门供奉。灵官菩萨本是驱魔除怪的神，居然被敬奉成有求必应的"阿弥陀佛"；更怪的，寺本是和尚的"地盘"，灵官寺怎么被"鸠占鹊巢"成了尼姑的精舍……

妙果一直摇头，黑漆般的眼睛后来愈睁愈大，她傻傻地看苗远。这些，她全不知道，而眼前这位苗先生，全知。他真厉害啊！

苗远突然问："妙果，我能去你们的起居室看看吗？"

妙果发愣，没回答。正走神，净心师太在喊："妙果妙果，你又跑哪了？"妙果吐舌头，"唉唉唉"应着，往寺跑。娇小的身影在青石板上一纵一跃，绕过竹林，拐个弯，看不到了。她实际上还是个孩子呢。没料，半晌，妙果又跑跟前来，气喘吁吁说："苗先生，我师父想和你说话哩。"

净心师太五十多岁，略略欠身道："我叫净心。妙果说，施主您从国外回来，我想向您请教……"

师太请苗远喝灵官毛尖。滚水冲沸，几叶碧绿竖杯中，似出水芙蓉。

师太叹气："形势逼人，再不有所为，灵官寺就只能慢慢荒废，变一抔黄土了。"

两人围茶桌说话，半天光阴，一晃而逝。

这日，苗远第一回吃上斋饭了。一饭两菜，妙果精心操持的。饭是大白米饭，菜是豆腐羹和酸豆角炒白菜帮子，苗远吃出了山珍味的感觉，想赞上几句，转念一想，啥也没说。

饭后散步。走青石板小路，穿竹林，沿灵官潭转一圈。

师太说："多年前，这里出了个大秀才，被人请去写了篇文章，他将得来的报酬捐出修建了这座桥，取名'一座文章桥'……灵官潭原名烟雨潭，逢狂风暴雨夜，潭里总传出奇怪锣鼓声，请一名师公（风水师）下潭去钉符，想镇住深潭的妖魔鬼怪。师公一下水，再没出水面。后来赶上大修水利，村民们用机器抽干潭水，深挖淤泥，想把深潭扩张成水库，挖出个灵官菩萨，木头雕刻，油光泛亮。村民就地建座小庙，供奉神像……"

回寺，继续喝茶，又半天一晃而过。

这天，寺里只来了两个香客，母亲带着孩子，来求"文运"的。

苗远觉得好笑，灵官菩萨这次竟成"文昌帝君"受人敬拜了。

他马上问师太:“到寺来的孩子多不多?”

师太点头:“零零星星有孩子来，但每逢高考前夕，孩子，或是父母替考学的孩子来跪拜求神佑护的很多……”

苗远出神听着，心里一点一点有了清晰的主张。

告别前，苗远犹豫再三，终究按捺不住好奇，再提无理要求:“师太，我能看看你们的起居室吗?”师太一愣，却没拒绝，转身对妙果点点头。

师太起居室，一桌、一椅、一床、一木箱、摞得整整齐齐的经书、一电视、一 VCD 机而已，再无他物。妙果说:“师父从不看电视，但有时会看讲经弘法的碟片。”

苗远又入妙果的起居室，桌、椅、床、箱、经书，除没有电视机和 VCD 机，与师太室内无二样，正欲拔身而退，忽瞥见屋角隐隐约约现一抹红。眼神马上凝固了。

妙果醒悟，“啊”一声，疾步冲过去，半蹲挡住那团鲜艳，明知挡不住，只好说:“苗先生，您千万别告诉我师父……”

屋子角落里，竟是几束红杜鹃!妙果从山上偷偷采回插在装清水的空酒瓶子里养着。妙果说，我们唤它“映山红”。

第三次去灵官寺，是四个月后。

仅扫一眼，苗远心底情不自禁浮上诸多欣慰。与此同时，却不可避免地尽是惘然。眼前的灵官寺，香火果然旺多了。

灵官潭边多了两块石碑，一碑刻《金刚经》，一碑刻《三字经》。好多人围着碑文念诵。寺内，佛塔已修葺一新。塔下也多块碑，上书:灵官寺文昌塔。接下来是捐款名录:某，×厅长，现居南京，××年就读于灵官寺小学，捐××元;某，×局长，现居广州，××年就读于灵官寺小学，捐××元；某，灵官寺人，高工，捐××元；某，灵官寺人，作家，捐××元；某、某、某……好些孩子，围着碑文读此地出生又小有功名的“榜样”们的芳名，再认认真真在塔下烧香跪拜，好似由佛塔改建的文昌塔真有文昌爷附体，诚心敬拜，“文昌运”同样降临自身。

寺门前多了个小摊，妙果在坐摊，卖细小物什。生意不算忙，看人来人往，妙果高兴异常。

苗远说：“妙果，让你开开眼界。”

他一页页翻开特地带来的相册，说:“这是我在法国埃菲尔铁塔前的留影；这是日本，我站富士山前；我身后，远远的那个手举火炬的雕塑，是全世界最著名的雕像，叫自由女神像；左边这个像贝壳样的建筑，是澳大利亚悉尼歌剧院，花了15年才建好……”

妙果眼里一时羡慕一时迷惑，苗远不免略有些许得意，竟忘乎所以问:“这些地方，你去过吗?”

等不到回答，扭头去看妙果。她在哭。

苗远皱眉，等妙果哭完，问:“你干吗哭?”

妙果说：“这些地方，我今天是第一次听到……”

苗远心里歉意，黯然，想安慰她，却变成随口敷衍:“妙果，你年龄小，等你再大点，我领你去看世界，一个一个地方走。世界好大……”

言者无心。苗远不知，咫尺外，有颗柔弱的心狠劲抖了几下。

一对斑鸠落摊桌上，本无所事事在桌面乱啄，忽双双展翅飞去，好似被妙果突然加快的心跳惊飞。

两个人靠近看照片。净心师太从寺里出来，看两个脑袋，挨一块。她脚步止了，想喊妙果，可张口没出声。看看，再看看，叹口气，一折身，师太拐回寺了，心里说，这孩子，自此怕要受苦了。

是夜，苗远又在寺里吃斋饭。师太诚心道谢：“正如施主您所料……”又不免苦笑，“这里当真成您所谋划的‘文庙’了，我心里又若有所失啊。哎，但愿如施主所言，与其让孩子们盲目去五花八门庙里求神问卦祈祷前程，还不如引导他们养成好学之风。可叹的是，你捐出的1000元奖金，至今没人领取。”

哪个孩子能在15分钟内熟练无误地背诵《三字经》，就能领200元奖金，这是苗远捐钱后定下的规矩。果如苗远猜测，原本有些孩子记熟千余字的《三字经》，但一看到师太捏在手上的奖金，反倒丢三落四错误百出无论如何也背不了《三字经》了。

苗远亦苦笑，坦言道：“我其实很不希望心中的最后一片净土也被商品经济污染得面目全非。”

师太反倒来安慰苗远了，说，时代在进步，凡事都要以科学的发展观来看待，要与时俱进，否则肯定会被时代所淘汰。师太说，不远的宁乡县有家大寺庙很成功，自举办一届与佛有关的文化节后，寺名远扬，游人如织，不少和尚买了手机，也用起了电脑……这些，没什么不好，于弘扬佛法有益。

师太和苗远在客堂品茶说话，妙果在起居室做每晚的功课。

妙果诵：“如是我闻……尔所国土中，所有众生，若干种心，如来悉知。何以故？如来说，诸心皆为非心，是名为心……若以色见我，以音声求我，是人行邪道，不能见如来……须菩提，一合相者，即是不可说，但凡夫之人，贪著其事……”

师太送苗远出寺。月上寺东首古樟树梢头，透过疏枝密叶，地上是流光碎影的月色。

苗远走了。师太走近妙果窗前，听一听，无声叹气。以往妙果念经如行云流水，现在，一堆“停顿”。师太摇头，默念:“凡所有相，皆是虚妄。若见诸相非相，即见如来。”

再去灵官寺，是一群人。苗远的文化公司最近又操作了一本畅销书狠狠赚了一笔，请公司员工同游此地。苗远推介道:“这是中国最后一块没有丝毫名气但足以安妥你我心灵的一方细小净土。”

依旧借住不谈价钱随客人任意支付的一家民宅。媛媛问:“苗老板，以往你总单枪匹马，今天怎么变成群拥而来了?”

媛媛是这户人家的女儿，长得美。

苗远笑道:“你整的灵官潭土鸡天下第一美味，我一个人独享不如今天大家一起来享受啊。”

大家嘻嘻哈哈扔旅行包，钻来钻去看满地跑的鸡鸭猪牛，又操起带来的钓具去灵官潭钓鱼钓虾。

苗远不惊也不乍，独自留下与媛媛聊。

苗远说:“我要回加拿大啦。”

媛媛奇怪地问:“你不是说自己是海龟吗，既然归来了又干吗离去?”

苗远摇头说:“我不是‘海龟’，也不是‘海带’，我是‘海鸟’。注定四处飞来飞去，没自己的家……”

媛媛知道苗远是移民加拿大的中国人，却不知道他决定卖了自己的文化公司回加拿大去，是因为他忽然厌倦了搏杀商场疲惫不堪的生活。

正说得热闹，净心师太进来。妙果病了，师太来借粉碎草药的铁槽碾子。

苗远提着碾子，跟在师太身后。师太言语轻轻："心安即是家啊。你干吗不给自己安个家？"

苗远不答，心里却有话。他何尝不想有个家，同居过的女孩都有9个了，但都与爱情无关。一个年轻有为的外籍中国人，想有个女人太容易，想有个温暖的家难啊……

妙果见苗远，高兴，病好似去了五分。妙果说："师父说，过了佛诞节，就送我去峨眉山读书。"她眼里有点期待，又有点茫然。

苗远说："我要回加拿大了。以后我要是回中国来，一定来看你。那时节，说不定你已经做红红火火的灵官寺的住持啦。"

妙果惊，想问："你答应带我去看世界，怎的忘了？"又想说，"我不想做住持，连……也不想做。"

窗台上，落了一只斑鸠，伸脑袋朝屋里望。咕咕——咕。

妙果看着斑鸠，说："要是做只斑鸠，多好。"尔后低头专心吃师太熬的草药。

药好苦，真苦，妙果喝一口，差点苦出泪水来。

苗远的话不假，他果真还来看妙果了，那是一年零一个月后。不见妙果，却见到一个陌生尼姑，比妙果稍年长。

苗远问："你是妙因小师父？"妙因看眼前的施主，奇怪他第一次见就认识自己。

苗远又问："妙果去峨眉山佛学院读书还没回来？"

妙因摇头。"她没去峨眉山。"

灵官毛尖依旧香，净心师太喝一口，说："你最后一次来灵官寺没多久，妙果就走了……这孩子，小小年纪就让我领进寺来，未经历什么世事。心底杂念起了，让她独个儿到外面去走走看看吧。最后她是回寺来，还是寻得了另外的幸福，都是佛祖的安排。”

苗远站起，无言。

灵官寺新近砌了围墙，几只斑鸠站墙头，大家闺秀般不动。苗远轻轻拍掌，斑鸠跃起，几只飞向天空，飞向远方，有几只却掉转了头，纵身闪进寺来。

咕咕——咕。咕咕——咕。咕咕——咕。

山下，灵官潭边，有孩子扯着嗓子在念碑刻的《金刚经》：“须菩提，过去心不可得，现在心不可得，未来心不可得。”过一阵，又高喊：“一切有为法，如梦幻泡影，如露亦如电，应作如是观。”

苗远听了，似有所知，如有所失，不免黯然。竖起耳朵想再仔细听，却听得那孩子改口喊《三字经》了：“子不学，非所宜。幼不学，老何为。玉不琢，不成器。人不学，不知义……”

情感点评

读《斑鸠，斑鸠》，易让人联想到汪曾祺先生的《受戒》。二者，都关注佛门净土的人性追求。

作者用韵味十足的词语、细腻的笔触、舒缓的语调，编织出一个田园牧歌式的悠远意境。画面般的文字里，我们能轻易捕捉到一种热切但低沉的声音——那是小尼妙果，更是少女妙果的心跳。因为，她悄然萌动了朦朦胧胧的爱的渴望。

等着你回来

“您后悔坚守这漫长的等候吗？”在长达3个多小时的访谈中，这是我始终最想向李阿秀老人寻求答案的问题。

我共询问三次，前两次，老人看我一眼，低头继续自己的长篇讲述。末一次，她反问我：“你说，郭家四小姐后悔过没有？”

李阿秀说的“郭家四小姐”叫郭婉莹，李阿秀儿时校友，也是玩伴。

郭家与李家在悉尼是近邻。郭家后来应孙中山邀请回上海发展商业，郭家店铺日渐发展壮大，后演变为中国国民政府时期最大的百货公司永安公司，在今日上海南京路还能觅其芳踪。而郭家四小姐静悄悄走进陈丹燕的《上海的金枝玉叶》一书，这位1949年后选择留守中国大陆的富家小姐，经历短暂幸福后，在一次又一次运动风潮中，遭受无尽的打击与凄苦……

知我从中国大陆来，刚见面李阿秀问：“听说你们那儿有人写了一本书，专讲郭家四小姐的故事？”她打听的，正是《上海的金枝玉叶》。李阿秀叹息，“戴西（郭婉莹的英文名），怎么会那样呢？她怎么能受得那苦楚啊。”李阿秀为儿时朋友的遭遇叹息，可她自身的大半生又何曾比戴西好几分。

李阿秀的无尽等候终于尘埃落定。

她用一辈子都在苦苦等候的松山，原来早就已魂也飞了魄也散了。

松山死于松山——前一个松山是人名，后一个松山是地名。

松山死时，怀里揣着3封信和1张黑白照片。52年后，松山的遗物抵达李阿秀的手上。李阿秀捧着共有9个弹孔、布满发黑的斑斑血迹的遗物，没泪，只反反复复说：“看到这些，我就看到了松山，我就回到了昨天。”

昨天？确实就在“昨天”，祖籍中国广东的17岁的李阿秀和堂姐去澳大利亚北领地达尔文港，认识了来自日本京都府的松山健一。

堂姐快结婚了，在悉尼华埠开杂货店的祖父答应赠她一条珍珠项链。堂姐提要求：一，我要自己去澳北海岸选购珍珠；二，我要自己确定珠宝加工店。

船在海上起伏，李阿秀的眼睛瞪溜圆。精美的珍珠竟如此得来？采捞工一个猛子扎进深海，赤手空拳捞出一个个珠贝，再从贝壳里剥离出一颗颗晶莹剔透的珍珠。

船主指着攀缘船帮而上的壮实小伙骄傲地说：“松山，整个达尔文港最勇敢，技术最高超的珍珠采捞工人。”

松山上船，从绑在腰间的网兜一掏，掏出一捧珠贝；轻轻一扣，贝壳一分为二；大拇指一推……转眼，手掌上已是一片灿烂。

堂姐惊喜尖叫:“哇，好大，好亮。”松山的珍珠粒粒饱满圆润，泛着光泽。

李阿秀也“啊”一声，没词儿，却扯下扎头发的丝巾，嘴里吸着寒气走向松山。

松山瞅递过来的丝巾，瞟自己的右胳膊，好长一条口子，血渗得凶。松山微笑:“蹭破点皮，常有的事。”抬头看李阿秀，李阿秀的头发去了丝巾的束缚，海风吹拂，一缕黑发遮面，精致的脸蛋便云雾蒙蒙了。

松山逐个捏珍珠举起对着阳光眯眼打量，最后拣一枚放到李阿秀手心:“送你。”

珍珠大如葡萄。

简单，直接，没细枝末节，松山健一和李阿秀上演了文学作品里的一见钟情。

祖父第一个坚决反对。

祖父是位早年从广东高州漂洋过海落脚澳洲的中国农民，曾在昆士兰种菜为生，历尽艰辛后终拥有足以和三个同乡合资购买一家小农场的资本。但，几番洽谈即将拍板前夜，农场被一个日本家族高价横刀夺爱。时过多年，祖父仍耿耿于怀，怒吼:“你知道抢去我们农场的日本家族姓什么吗？他们姓松山。”

父亲第二个反对。

父亲用恨铁不成钢的语气教训女儿:“阿秀，你知道不，小日本正欺负咱中国，日本人一个个都骑到咱中国人头上拉屎拉尿了，你还叫着喊着去嫁日本人，你这不是卖国贼吗？你这不是成心将咱们李家的脸丢尽吗……”

李阿秀想对祖父说，此松山非彼松山。日本的姓氏很多，她的松山健一未必跟半路杀出“劫走”小农场的松山家族有瓜葛。可李阿秀终究没动嘴。已是20世纪30年代了，可即便走出国门的中国家庭，旧传统却依旧坚固，年岁越长越权威，晚辈哪能挑战。

李阿秀又想与父亲理论。爱一个人而嫁给他，乃天经地义，与上纲上线的“卖国贼”丝毫不沾边，更别提丢李家的脸了。可她照样选择了沉默。父亲生于澳大利亚，仅被祖父送回中国广东乡下读了3年私塾，但父亲开口闭口只以中国为祖国，识字有限的他格外关心时事，对日本霸东三省，攻卢沟桥，战上海……步步紧逼欲奴役整个中国早怒火冲天，只恨祖父不允他回国，否则他一定弃商从戎飞赴祖国，讨伐入侵者。李阿秀理解父亲的爱国心。

莫须有的家仇，遥远的国恨，没能冷却李阿秀心底的火热，她默默打点行装。母亲偷偷将一团东西塞进女儿的行李箱，嘴未张，眼先红：“秀，拿去，莫声张，妈的旧首饰，去换点钱……”顿顿，叮嘱，“秀，我们客家女人，最讲究嫁鸡随鸡，嫁狗随狗。爱一个人，就一生一世跟随他，不因贫穷，不因疾病而离弃，不因地位权势改变而三心二意……”

多年后李阿秀信了耶稣，在教堂见证几次婚礼后，惊觉母亲粗俗的话与主婚牧师说的“誓词”竟如出一辙。母亲的娘家在被天下所有客家人奉为“客都”的广东梅县（现改名梅州）。客家女，自古被认定为最重中国传统美德的一个优秀群体。

李阿秀与松山健一结婚了，没嘉宾，缺喜宴，他俩安家在达尔文港一处简陋陈旧的小屋。欢喜的柴米油盐日子，开始于1939年9

月。此时，东方的日本侵略军正与中国国民党薛岳兵团激战长沙。在西方，希特勒的德国军队势如破竹，闪电入侵波兰，挥舞屠刀实施种族灭绝政策。可新婚的小两口将枪林弹雨的世界似乎通通忽略不计了，眼里只有甜蜜。

半年后，李阿秀怀孕。可惜欢庆的心情还没享透，哀愁已铺天盖地奔来。这世间，悲哀总伴随幸福托生。

松山说："阿秀，我必须回国，帝国需要我去报效，天皇需要我去尽忠。" 达尔文港原有 2700 多名日本籍珍珠采捞工人，一个接一个相继离澳回日，松山是最后的 20 多人之一。

登船，牵手两依依。松山忧戚，劝阿秀："你回到父母身边去吧。" 阿秀垂泪，摇头。李阿秀心里反复念叨的，口里默默呢喃的，是同一句话："我等着你回来。我，等着你回来……"

松山一去，杳无音信。

阿秀给日本写信，信亦如黄鹤一去不返。李阿秀抚摸愈来愈隆起的肚皮，唯有心慌慌，复慌慌。

孩子终究落地，是松山健二，而非松山秀子——松山离去时，嘱咐："如果生男孩，就取名松山健二，如果是女孩，就叫松山秀子。"

李阿秀永难忘，1942 年 2 月 19 日，哄了半天的健二刚蒙眬入睡，但猛然咧嘴发出惊天动地的号哭。比健二撕心裂肺的哭叫更恐怖的声音呼啸而来，一声巨响，地动山摇！李阿秀怀抱健二摔倒，墙上挂的东西，桌上摆的物什，全哐啷哗啦坠地，小屋使劲摇晃，仿佛顷刻间将分崩离析。呆傻片刻，李阿秀听到慌乱的脚步和尖叫声："日本人来啦！日本人来啦！"

日本人真的了，坐飞机来的。

是日，法西斯日本的炮弹像雨点，从天而降，狂轰滥炸澳大利亚北部海港达尔文。日军将战火首次燃至澳洲大陆，达尔文港一片恐慌，整个澳大利亚一片恐慌。惊慌失措的李阿秀如一叶浮萍，可她不愿随逃难者南逃，只欲坚守狼藉破败的达尔文港。她相信，有她守候，松山就能找到回家的路。可她不明白，她的松山，怎会和头顶上抛掷炸弹的人是同伙呢？

满脸焦急疲惫的祖父和父亲出现在李阿秀面前。两个男人，早忘记当初阿秀出门时他们掷地有声的愤怒："你踏出李家门，就不再是李家人！"

李阿秀回到了悉尼。

很快有人来劝李阿秀："一个人拖个孩子，好累，你找个人嫁了吧。"

澳纽军团的一名军官，赴欧洲战场失去半条腿后回澳任文职。母亲偷偷去相人，回来给女儿吹耳边风："秀，那人腿脚不便，但其他条件好……"

李阿秀摇头："不，我要等他回来。"

松山没回来，一年，又一年。1945 年日本已投降，没回来。1950 年，1960 年，1970 年，健二的个头早高过了妈妈李阿秀，松山健一的身影仍没出现在眼前，只闪现在梦里，心里。

李阿秀最交心的堂姐出面当说客："有个柬埔寨华人，愿掏 4 万美金，和你结婚。假结婚也成，他只求逃出柬埔寨……"

李阿秀摇头："不，我要等他回来，他一定会回来。"

一等，再等。李阿秀的双鬓不知不觉浮现一撮白，一片白，满头白……

李阿秀的无尽等候终于尘埃落定。

1996 年，英国剑桥大学毕业的松山健二先后去四次日本两次中国后，捧回了从未谋面的父亲的遗物。

李阿秀反反复复说:“看到这些，我就看到了松山。”

李阿秀的身体飞快奔向老态龙钟，如枝头尚存几片绿叶的一株老树，秋风中，残存的绿色带着无尽眷恋，一片一片又一片，飘落。最后，空寂的枝头，荡然无存。

2006 年 11 月末的那个下午 4 点，我缓缓掩上了采访本。我好希望李阿秀添一句画龙点睛的话，让她为自己半个多世纪的等待总结一条沉甸甸的警世之言。哪怕是声叹息，如，“由于战争，多少甜蜜爱情被埋葬，多少幸福家庭被拆散，多少美丽家园被毁灭啊。”或者，“我们要痛恨军国主义，诅咒战争，呼唤和平……”

然而，没有，李阿秀什么也没总结。是否，她什么都不曾想，在她心里，全被一个男人的身影塞满。只是，当李阿秀偶尔提起他的一个孙子两个孙女各自的美满家庭时，她情不自禁发感慨:“孩子们比我幸运啊，赶上了好时光。”

在老人眼里，何谓“好时光”？她知，我也知。

李阿秀起身，走近一台旧唱机。一首歌，老老的歌，随即轻轻流出。

“我等着你回来，我等着你回来，我想着你回来，我想着你回来。等你回来，让我开怀。等你回来，给我关怀。你为什么不回来，你为什么不回来。我要等你回来，我要等你回来……”

歌声如泣如诉，宛如梦呓。

“你为什么不回来？你为什么不回来？”这一声声，一声声哀伤寂寞的追问，让本已告辞欲离去的我返身，默默坐回老人跟前，聆听。此情，此景，此歌，无法抑制地，有泪悄悄划过我的脸颊，冰凉。好久，恍然惊醒，抬眼望，李阿秀微合双眼，一动不动，似已入梦，又似沉浸于歌中难以自拔。

采访时，李阿秀的儿媳，也就是松山健二的太太始终陪伴在我身边。她说:“我妈每天都会播放这支歌。”

60多年前的松山健一是否曾问:“我为什么回不去？”他定问过自己的，千千万万在战火中奔波的人也该问过自己，他们，该知道答案。可最终，不曾回，仅剩游魂，飘荡异乡。

李阿秀死于2007年4月，悉尼。遗嘱曰，将391封信和两张照片焚化，陪我去天堂。有血迹的3封信，是松山写给李阿秀的。其余388封，信封上均写着松山健一收，那是李阿秀写的。

松山的信，弹孔凌乱，血迹纵横，仔细辨认后尚能阅读。

第一封：我很想念你，我已回到日本京都，故乡真美。

第二封：我很想念你，我们抵达了上海，上海很美。

第三封：我很想念你，我现在在中国云南松山，这里非常美。

所有信，寻不见战争字眼，只见眼前美景，只见思念。如无弹孔和血迹，谁能不认定这是和平年代温情脉脉的家书呢？

李阿秀揣测，松山写完第三封信后战死沙场。而李阿秀永远想不到的是，1944年6月至9月，中国近代史上最惨烈的战事发生于云南松山。日本精锐之师在中国远征军的攻击下全军覆灭，而中国军队也付出惨重代价。战争结束，中国国民政府出于人道主义，掩埋敌方尸体，没找到松山的半边脑袋和右手以及下半身，从松山左手死死护住的胸前找到三封信，一张照片。

李阿秀的葬礼，我列席。焚化的两张照片，一模一样。只是，其中一张沾满发黑的血迹。

照片上，松山矮壮，络腮胡子茂盛；李阿秀大眼，短发，发梢微卷上翘，穿白色婚纱。17 岁的李阿秀，实在是美。

情感点评

这是一场悲剧，罪魁祸首，是战争！

华裔女子李阿秀对爱情执着坚守令人感慨。虽然，她用一生等候的，是一个日本侵略者，但抛开松山的军人身份，他也只是一个普通的丈夫和父亲。如果不是战争，他仍然是达尔文港最优秀的珍珠采捞工人。而李阿秀，也可以相夫教子，尽享生活的甜美——侵略者毁掉的，不仅仅是别人的生活，也往往将自己的生活推向痛苦深渊。

苦等一生的李阿秀羡慕子孙赶上了好时光，何谓好时光？是没有战争的时代，是没有愚忠的时代……

梁　祝

祝小莺面壁。

壁上挂张蛛网，破了，蚊或蝇几个干枯身子悬着。抿唇，咽口唾沫，祝小莺唱:“碧草青青花盛开，彩蝶双双久徘徊。千古传颂生生爱，山伯永恋祝英台。同窗共读整三载，促膝并肩两无猜……”

越剧唱腔，当然没伴奏，清唱。

猫跳上柜台，拧着脑袋，看祝小莺。

祝小莺忽地醒觉，赶紧用手掩住唇。

猫继续看，不动，仿佛说:“你唱啊，继续唱啊，好听。”

祝小莺笑:“这家伙是知音呢。”继而恼了，说，“去。”她拍柜面三下，猫蹦下柜台，真去了。

祝小莺不再唱，可心里仍惦记山伯兄与英台妹妹。隐隐约约的，像有声音，也像没有，耳边绕来绕去的，是《梁祝》余音——“十八相送情切切，谁知一别在楼台。楼台一别恨如海……”恨如海呀，恨。忍不住黯然了。

店里静悄悄的。店外，一只公鸡在追逐一只母鸡，沿着院墙跑。

祝小莺的店开在城乡结合地块，鸡并不多见。谁家的？俩鸡跑一气，不知怎的，不追了，一前一后刨地，动嘴，动爪，狠刨。爱情不及吃喝重要，鸡也这般？

昨夜下了场雨，地面清清爽爽。祝小莺的心明亮起来，喉痒痒，又想开腔。这回，改唱西皮流水，词儿撒欢，食指和中指情不自禁点击柜面，如鼓点，急凑，明快。

“日子蛮滋润嘛，你！”阴阳怪气的声音，惊祝小莺一跳，脸顿时灰暗下去。郑三发直愣愣闯进屋里，“东东要买个电动小火车，快给钱。”

祝小莺整个身子趴在柜台上，护住抽屉。“没钱！一分也没有！”她满脑子气愤，不由得嚷起来，“郑三发，你别老打儿子的幌子来骗钱！你以为我不知道，你尽拿我的钱去吃喝玩乐，哪个铜子儿你花在东东身上，你告诉我！东东要啥，我给他买……”

郑三发扭住祝小莺胳膊，猛一推，祝小莺如截木头般甩出去，撞翻一条长板凳后，再重重摔在地上。

“没钱？你刚才唱的那快活劲，鬼才信你没钱——”郑三发鼻孔里哼两声，哗啦打开抽屉，将钱三两下拢堆，抓起塞兜里，嘴里骂骂咧咧，“他妈的，开个店，整天候着，每次来就这么几个钱。废物一个呀你。人家随地摞个摊桌儿，卖烟打电话，赚钱比你多……”

祝小莺白皙的右胳膊上青了一大块，膝盖跌破了，渗血。她坐在地上，脸上涨得通红，眼里蓄满泪，使劲忍住没流出来，坚决不流出来。

郑三发东翻西翻，找钱，没得逞，狗急跳墙出恶毒主意：“你不是有张俏脸蛋嘛，不如去卖你的白条身子吧，找那些有钱佬，卖一晚够咱三五天……”

祝小莺狠劲吸下鼻子，眼泪夺眶而出。她忘了痛，跳起，扑向柜台。柜台里藏柄切瓜刀，原本用来防身，现在派上用场了。

郑三发瞅见祝小莺手上多出一把刀，脸瞬间惨白，结结巴巴说：“你，你，你疯了——”便丧家犬般跑出屋子，逃了。

祝小莺扔刀，坐回地上。她没号啕大哭，咬着嘴唇抽泣，整个身子跟着抽搐，泪水在脸颊上竖成两行往下跑。

终究，她扶着椅子站起。抽屉里果然又是不剩分文，连枚硬币也没留下。快 11 点了，大半个上午，仅卖瓶酱油，两包盐，一袋豆豉……

我怎么就会被烂泥糊了眼，嫁给这样的男人啊？祝小莺脸上的泪本已擦尽，想着想着，泪又溢出来。

祝小莺曾是湖北赤壁汉剧团的台柱子。9 岁，近水楼台跟祖父学三弦；11 岁，张嘴习二黄、西皮；刚过 14 岁，入汉剧团。汉剧风行鄂，远及豫、湘、川等地那会儿，剧团常出演老牌剧目《打花鼓》《宇宙锋》，祝小莺往台面上一站，眼波还未流转，台下掌声已哗哗……一切，春去无痕。今日的祝小莺，是 38 岁的离婚女人。汉剧团散伙那天，她彻底告别了戏台。身段还柔软，嗓子还清亮，脸上的魅力添了几分成熟，但眼角的风霜哪怕坚持做面膜也驱赶不尽了。

汉剧古称楚调，唱、念、打俱重，唱腔丰富。祝小莺手上和嘴上功夫皆精晓，但她并不热爱汉剧。她喜欢越剧，喜欢越剧唱腔的婉转，悠扬，尤喜越剧经典剧目《梁祝》。原本有机会去越剧团的——在一次武汉庆国庆戏曲会演中，张想想信誓旦旦对祝小莺说，只要跟她爸说一声，保准祝小莺能调去河南唱越剧。张想想她爸，是河南省戏剧界的一块老牌子。可是，祝小莺没去，因为她结婚了。祝小莺嫁的人是地区供销社主任的儿子，名字叫郑三发。

日当午了，店里终于来了新客人，买走两瓶啤酒一瓶可乐。之后，空寂寂的，没个人影。远远的，一辆崭新的白色小车，喇叭按得特响亮，从东往西开过去了，扬起一路黄尘。

这杂货店，是没法继续下去了。祝小莺琢磨着，自己除会唱几句戏，啥都不会，咋办？

电话响了。“小莺，想妥没有？过了这村没那店，再没想妥，人家……”张想想还是老样子，在电话那端噼里啪啦砸一通话。

祝小莺想也没想，脱口而出：“我想好啦。”

悄没声的，办妥护照；去广州，向澳大利亚驻穗领事馆申请签证。2007 年 4 月 22 日，祝小莺踏上了飞往澳大利亚的飞机。她的心里，惶恐与期待平分秋色。

接机的只有张想想。祝小莺悬在半空的心落回原处，觉得熨帖多了。张想想跳起，拢住祝小莺的脖子：“想死我啦，小莺。”

祝小莺看张想想，真心实意夸：“你更加年轻漂亮了。”

张想想得意，一甩脑袋：“那当然，在澳洲生活轻松，没压力……你要是早听我的劝，早十年八年就跟郑三发那混蛋离婚，来澳洲开始新生活，保证你比现在年轻十岁。”

1989 年，越剧团还没彻底解散，张想想就跑来澳大利亚了。当初打的旗号是留学，半年不到，张想想投向一个洋人怀抱。她当机立断和仍在河南的丈夫离婚，还积极鼓动祝小莺离婚，改嫁洋人。

张想想问:“小莺，这次你怎么想通了?”

祝小莺没回答。和郑三发离婚三年了，总放心不下东东。现在……与其说是追求新生活，不如说逃离令她绝望的环境。

第一次见面在悉尼市伊士活镇一家华人酒家。

男人不难看，有些矮，有些胖，有些黑，可西装革履，气度不凡。最紧要的，他是中国人，来自台湾南投，在悉尼乔治大街开有一家律师行。祝小莺给里奥刘——中文名叫刘汉文，打了62分，只比及格多一点点。祝小莺心说，若年轻点，我会给你75分。刘汉文58岁，和祝小莺早逝的母亲同龄。

张想想将祝小莺的手按在刘汉文的手上，用难得严肃的表情说:“里奥，我将小莺交给你了。记住，今晚开始，好好照顾她一生一世……”

见张想想拍拍屁股开步走，祝小莺慌了，还窘:“想想，我，我们还没领结婚证。”

张想想笑了:“结婚证?在澳州，未婚生子也合法，政府照样提供生育补助金……今晚，你放开胆子温习旧课程吧。”张想想暧昧地挤眼睛，怪笑，走了。

灯灭了，刘汉文拉祝小莺一步步，一步步走向宽大的床，祝小莺的手在抖。

刘汉文立正，黑暗中，问:“你害怕?”

“嗯。”

刘汉文沉默，好半天，说:“那好吧，迟些日子再说。我们明天去办结婚证明，好不好?”

“嗯。”

睡在柔软、温暖的床上，一个人，祝小莺悄悄给刘汉文加分，70分。

去申请办理结婚证明，刘汉文现场翻译:“……要等一段日子，结婚申请公告期间如没人反对，我们才能领取结婚证明。”

祝小莺觉得好笑，澳洲的法律真怪。反对，谁会来反对我们结婚?

刘汉文也笑，戏谑地笑:“不见得，如果你前夫跳出来反对，至少，我们就不能顺利领取结婚证明书。”

祝小莺的眼眶红了。

“你想他啦?”刘汉文小声问。

祝小莺摇头。她想东东了。

祝小莺脱下身上的衣服，轻轻走到刘汉文身边。刘汉文抬头，吃惊:“你?”灯昏暗，祝小莺的脸颊滚烫滚烫，她什么也不说，只伸手，递刘汉文跟前。

手指，还有嘴唇，轻柔柔的，缓悠悠的……祝小莺记得16岁在湖北洪湖游泳，和三个最好的女友。那时的洪湖水清凌凌的，她仰泳，摆动胳膊躺水面上，水，一波一波漾过来，抚摸皮肤，轻柔柔的，缓悠悠的。那时的洪湖，近岸有修长的水草，随浅波荡漾而舞动，轻柔柔的，缓悠悠的。

刘汉文咬祝小莺的耳根问:“舒服吗?”

答:“嗯。”祝小莺继续回忆，洪湖，水，水草……

黑暗中，祝小莺抿嘴偷偷笑了。85分——她给刘汉文的新分值。

5月中，刘汉文送祝小莺去学车，说:“在澳洲，不会开车，就像脚被绑住了。”

7月，刘汉文送祝小莺去学英语，510小时，澳洲政府专为新移民提供的语言学习，免费。刘汉文说:“在澳洲语言不通，长此以往，日子将如同坐没有围墙的监牢。”

祝小莺已是刘汉文的合法妻子了，她每天的主要功课是干家务(本来请了家庭小时工，祝小莺硬要丈夫辞退了)，想念东东。日子，果真像坐监，一个没围墙，丰衣足食的监牢。乏味，枯燥，寂寞。

祝小莺给张想想打电话，质疑:“这就是你说的澳洲的幸福生活?”

张想想哈哈笑:“半年后，我再回答你这问题。”

刘汉文递礼物，现在，祝小莺仍不习惯喊丈夫的英文名，她问:“汉文，这是什么?”刘汉文不语。卸去精美包装，一张CD出现在眼前。刘汉文用手指指音响:“小莺，你试试。”

旷远，熟悉，忽而凄厉，忽而柔软的声音，如淙淙的流水漫过来……

《梁祝》，小提琴协奏曲。演奏者：日本的西崎崇子。

祝小莺站着不动，泪流满面。祝小莺想中国了，祝小莺想家了——有东东在身边的家，祝小莺想戏台上的水袖、莲步、胡琴、弹腔、滚板、采茶调……山伯访友、楼台会、化蝶。

余音远去，远去。回头找刘汉文。他坐在沙发上，姿势端正，腿并拢，手搁在膝上。

刘汉文解释:“……我在悉尼找了好多处，都是盗版，那是对《梁祝》的侮辱！这碟，我托人从日本买来。”

祝小莺第一次得知世上有一句最公正的评价《梁祝》的话，不是刘汉文说的，是伟大的指挥家小泽征尔说的：“小提琴协奏曲《梁祝》是很神圣的，必须要跪着听。”

刘汉文说:“其实，悉尼其他版本的《梁祝》有卖的，如钢琴、古筝、萨克斯等众多乐器演绎的《梁祝》，但没有一个胜过小提琴。任何乐器也没法像小提琴这样将《梁祝》的凄厉柔弱和温暖缠绵表现得更完美……”

刘汉文帮祝小莺拭泪。祝小莺突然问:“汉文，都说律师的心是石头制成的，你的心怎么不像石头?”

“如果我一直打经济和刑事官司，或许有一天，我的心比石头还坚硬。可我一直帮人打移民官司……”

刘汉文原本在悉尼移民局当翻译官，见多了太多华人律师收取对澳洲法律一无所知的中国新移民的钱，却不为客户干实事的痛心事，半路改行，考取了律师执照，专为华人打移民官司。

祝小莺每天听《梁祝》。在国内，她觉得《梁祝》尽是美妙，到异国他乡，才知《梁祝》更是一剂良药，能医治漫天的寂寞和思念。

祝小莺无限期推迟了英语学习，因为，老师全程英语，她听得云山雾罩，头疼。白天，刘汉文上班去了，她独自待在700多平方米的花园洋房里，心空荡荡的，落寞，荒凉。现在好了，有《梁祝》了，房子里，后花园里，全是小提琴在低吟浅唱。

祝小莺偶尔出门去溜达，房子稀落落的，树却一棵接一棵。人说悉尼是建在森林里的城市，确实。路上难得见个人，好不容易撞见一个，不是开电动车的残疾人，就是孕妇。路人甲路人乙对她“哈罗”，说“好啊油”，祝小莺只会尴尬地点头，轻轻笑。想念中国，想念湖北，想念黄皮肤黑头发的中国人，想念东东，还想念鸭脖子和武昌鱼。现在好了，有《梁祝》，解愁，解渴，解沉甸甸的思念。

祝小莺渐渐胖了。张想想约她去悉尼情人港，见面后有些吃惊:“你咋转眼就多出两圈啦!”

祝小莺摸脸，说不清该高兴，还是该忧心，答:“是吗?”

张想想说:“心宽则体胖，不是坏事。”祝小莺马上说了一件坏事。

昨夜，刘汉文喜滋滋告诉她，澳大利亚修改移民法，凡 2007 年 7 月后抵达澳洲的新移民，必须过 4 年才能申请绿卡，而之前的人，延续旧条例，2 年过去，即能实现绿卡梦。祝小莺还没来得及高兴，他拐弯，说另件事了，脸上更乐颠颠:“小莺，我帮你找了份工作，打扫火车厢……”

祝小莺委屈地说:“他每年能赚几十万澳币，合人民币几百万元，还要我去上班。并且，居然是扫地的工作!”

张想想猛拍一下祝小莺的肩膀:“你别一不留神成怨妇啦!”笑罢，解释:“在澳洲，夫妻各自的收入往往是分开的，丈夫是亿万富翁，妻子也可能是穷光蛋，你应当有自己的事业。至于扫地与在银行当高管，是同样受人尊敬的，工种不分贵贱。一个电焊工，会比坐办公室的经理工薪高一大截，你信吗?这可是澳大利亚千真万确的事实。”张想想说，所有劳动者平等，这就是澳大利亚的国情。

祝小莺脸红了。

祝小莺果真上班去了，周薪500多澳元。很快，她发现了更多妙处，被迫，她能张口说简单的英语了。

祝小莺向刘汉文报喜："我能说20句英语了。"

刘汉文笑，嘴巴咧得好大。

祝小莺立刻明白，这是刘汉文的"计划"之一。她的心，软乎乎了，情不自禁将头靠丈夫肩上。靠一阵，忽然问："汉文，你这么细心体贴，为何会和前妻离婚?"

刘汉文结过三次婚。第一个妻子病逝后，他娶了一个金发女子，没料才过三个月就分道扬镳。

刘汉文说："我的第一个妻子和我是同学，也是台湾人，是个才女。只可惜天妒其才，她不到30岁就走了。贝蒂是个很优秀很美丽的女人，曾是我在移民局工作的同事。我原本以为我们之间很了解了，但结婚后马上发现，我们之间的距离其实非常遥远。我是中国人，她是意大利移民，彼此接受的教育有天壤之别，我们相互的文化理念完全不同。因而，我们原本相爱，但现实生活中却很难靠近。好比说，一棵非洲荒漠上的树，移植到热带，哪怕你使劲施肥，拼命浇水，但它却更快夭折了……"

祝小莺不断点头，实则她有些似懂非懂。刘汉文却凝视她的眼睛，反问："你知道我为何仅仅在你的朋友张想想那儿一看到你照片，马上爱上陌生的你，希望娶你为妻吗?"

祝小莺摇头。其实，她的心底始终压着这个疑惑。但她自己给出了答案，那就是，一个将近60岁的男人，哪会奢谈什么"爱情"，他，希望的仅仅是"老来伴"吧。

刘汉文说:“首先，我们都是中国人，海峡隔开了我们，但我们的文化根源是一致的。在经历和贝蒂的失败婚姻后，我确信如果我再婚，非得找个中国人；其次，我得知你是个戏曲演员，热爱音乐。我一直认为，一个热爱音乐的人，懂得用戏曲来表现人生的人，她定有一颗柔软的心，她会懂得幸福的滋味……”

西崎崇子是个讲故事的好手。祝小莺的头依旧靠在刘汉文肩膀上，她捏他的手:“你听。”

西崎崇子又在讲故事，用她的琴声。梁祝结拜成兄弟了，梁祝在踏青——西崎崇子去过中国的江南吗？琴声中，杏花，春雨，江南，淡淡的喜悦。风过来了，一地的落英缤纷。太美了。

终究有了一次生气。

2008 年台湾“大选”。读着中文报纸，祝小莺忽然问:“汉文，你希望台湾和大陆统一吗?”

“当然。实际上，在台湾，老一代的人，真正有见解有思想的人都希望中国统一。不过——”刘汉文面露忧色，说，“我那在英国的儿子和女儿都倾向于台湾独立。年轻人啊，强调自我意识，偏执地把个人的自我无限扩张开，于是一门心思想着独立，错误地以为台湾独立了，他们就有了明确的归属感。却不知道，台湾和大陆，同是千百年来的中华文化浸润下的人民，文化传统上的同一性是无法彻底撕裂，永远割舍不了的。”

祝小莺端端正正坐好，她的目光注视着丈夫。她的心，却一点点，一点点，开始仰视丈夫。如果说，自己是个能够在戏台上表现人生的人；那么，她的汉文，是能够完整地精彩地表现人生大戏的人。

刘汉文却突然说另外一件事了。“小莺，我有个想法，希望得到你的支持。”他将头凑近祝小莺，他的眼珠里，是清清亮亮的祝小莺的影子。“我想申请东东——你儿子，将来也会是我儿子，来澳大利亚。”

祝小莺嘴巴大张，双手拢唇前，泪眼蒙蒙了。好像有点想哭。她什么也说不出来。真的，她只有一次，应当只有一次，跟他说起东东的聪明可爱。她什么也没有说，包括魂牵梦萦的思念。

刘汉文微笑着，眼角挤出扇形的皱纹。岁月不饶人啊。“如果东东在身边，我想你会更加开心幸福。而且，年幼的孩子在母亲身边，更有利于他的身心健康成长……”

祝小莺开始抽泣。曾经，在中国时，他也想通过法律将东东从他那不负责任的父亲郑三发身边拉回来。郑三发说:“可以啊，你拿出 20 万元来，我就让东东归你。”这个狗杂种，把儿子当商品。祝小莺狠狠地骂。

祝小莺终于张嘴说话。并不是告诉刘汉文，东东如果来她身边，很可能她将被迫掏一大笔“赎金”。因为，一个深情的爱人，任何难题，也将迎刃而解。她坚信，她的他会和她一道解决世上最难的难题。她说，略带羞涩。“我想让东东来到我身边。可是，我更想东东有个弟弟或者妹妹。”

“什么?”刘汉文一时没明白，眉毛拧成团，看祝小莺。

“我想让他拥有你那样的智慧和心胸。”

刘汉文恍然大悟，满脸喜色。“好。他拥有你的美丽与温柔。”话音才落，马上补充，“等他长大，让他学西崎崇子。”

情感点评

祝小莺和刘汉文的姻缘幸福美满，而这，是建立在彼此的文化理念相近的基础上。当物质生活愈来愈富裕无忧的时代，我们周围的婚姻，却越来越多地出现了裂缝，继而面临各奔东西的结局——高离婚率成了当今重要的社会问题之一。《梁祝》中的幸福婚姻是一面镜子，它告诉我们，文化和精神因素，将越来越成为幸福家庭生活的决定性因素。

朵兰和修庆的苹果

朵兰有两个身份。一是缅甸人的后代，二是修庆的妻子。

以上话是朵兰自己说的。

朵兰的话没人信。说你的中国话说得那么地道，缅甸话却只会七八句，怎么会是缅甸人？

朵兰坚持道："你们瞧我的皮肤。"

朵兰的皮肤黝黑黝黑，朵兰说那是地道的缅甸人肤色，好健康好健康。

朵兰还说："你们瞧我的名字。"朵兰的名字叫朵兰，前头没姓氏。朵兰称缅甸人都是有名没姓的。

大家哈哈笑，问："那你们家是什么时候跑到中国云南来的？那你是怎么嫁给修庆的？"

前一个问题，朵兰说不出个所以然。朵兰的嘴里含着一捧咖啡豆似的，嘟嘟哝哝，说大概与打仗有关。

听朵兰这么一讲，有人恍然大悟，那肯定与中国远征军有关，打小日本那阵啊，中国人缅甸人亲得跟双胞胎兄弟似的。

朵兰特自豪地说:“我阿爸说，我们的缅甸老家在八莫，旁边有条美丽的河叫太平江。太平江的上游在云南，名字叫大盈江。大盈江的旁边有个美丽的地方，名字叫腾冲。腾冲啊腾冲，就是我的家乡。”

后一个问题，朵兰回答得极其仔细。

朵兰送妹妹去四川读书，在火车上，认识了修庆，修庆请姐妹俩吃了两根冰棍。隔俩月，在大理的一家专售民艺制品的小店里，有人看中一把袖珍花纸伞，问价钱，朵兰一抬头，欢喜得蹦起来:“修庆？修庆!”

小店是朵兰的亲戚开的，朵兰只是临时帮工。

修庆问:“我想去广东打工去，你想不想去?”

朵兰低下头，想一想，再抬起头，咬牙:“去!”

朵兰的妹妹读大学，家里快供不起了，朵兰要为妹妹挣学费去。

朵兰嫁给了修庆。

朵兰和修庆到了广东，颠簸辗转，进了东莞厚街的一家工厂，做绒布娃娃。

朵兰和修庆租了一间小小的屋子，长 2.61 米，宽 1.82 米。这是修庆用卷尺量出来的精确数字。

小房子是“二房东”租了当地人的套间，用木板隔成一小间一小间，再转租给外来打工的人。朵兰和修庆的“独立天地”，每月要付租金 200 元，水电费 20 元，卫生费 3 元，治安费 3 元。

每天早上，朵兰和修庆高高兴兴上班去，手拉着手。每天晚上，朵兰和修庆却往往不能高高兴兴一起手拉手下班来。因为，更多的时候，至少其中一人要加班。

朵兰和修庆没电视看。实际上买了电视机也没地方摆。他们不买书不买杂志看，他们的钱一分一角都积赚下来，一部分寄给朵兰妹妹读书，一部分寄给修庆妈妈治病。

朵兰和修庆唯一的娱乐是没有加班的晚上，在人头攒动的夜市上逛来逛去。衣服摊、水果摊、大排档，到处是闹哄哄的人，朵兰和修庆喜欢往人多的地方凑，他们喜欢热闹。赶上好机会，朵兰和修庆能看到免费的表演——商场搞促销，门前搭起高台，台上衣饰“闪闪发光”的帅哥靓女又扭又唱。其实那些人舞扭得很蹩脚，唱歌又老走调，但朵兰和修庆一致认为，真的好精彩，再没比那演出更精彩的了。

绝对是一个星期六的晚上，朵兰说她记得一点都不会错。朵兰和修庆又幸运地看到了免费的表演。台上的主持人对着黑压压的人群高喊：“谁愿意上台来表演，唱歌和跳舞都行。获得掌声最响亮的那位，我们商场马上奖励他一箱红富士苹果……”

修庆冲上台去，跳起了“偷工减料”的纳西族舞蹈——没办法，他是偷学来的，却没能学全，也不熟练。但，他的卖力表演获得了最热烈的掌声。

修庆和朵兰欢天喜地抱着苹果屁颠屁颠跑回小屋子，两个人使劲捂住嘴巴笑，仿佛捡了天底下最大的钻石。他们不敢大声笑，间隔的木板太薄，哪怕说悄悄话，邻居都能一清二楚地听到。

修庆将苹果一个个从纸箱里清出来，摆床上。又将苹果一个个装回纸箱内，仔仔细细盖好。

修庆对朵兰说："我数好了。每天早上，你吃一个大苹果。每天晚上，你吃一个大苹果。吃6天，你就吃完了。"

朵兰："你呢？"

修庆摇头："我小时候就吃厌水果了。你不是在我家屋前屋后看到了嘛，尽是果树。杧果、香蕉、波罗蜜，应有尽有，比苹果好吃多了，可我通通吃厌了，我对水果没一点儿胃口了……"

修庆用水冲洗苹果，然后用刀削苹果。

薄薄的，薄得透明的苹果皮儿从苹果身上掉下来，一片，一片，落在铺纸箱的报纸上。修庆削得很慢，削得很认真。修庆压低声音："朵兰，你快瞧瞧我的手艺，我坚决不让苹果皮占一点点便宜。我要让苹果皮一丝不挂，不带去一点点肉末儿。"朵兰哧哧笑，脸上的欢喜都快压缩成颗粒滚地上去了："你是个大抠鬼，苹果落你手上算是遭了殃。"

削完了。

朵兰半闭眼睛，龇起牙齿，慢慢靠近光溜溜的苹果，咬下一星点儿，咀嚼，咀嚼。好长时间，还让苹果肉在舌尖上、牙齿缝停留。朵兰将苹果伸到修庆眼前："你咬一口，甜滋滋的。"

修庆摇头晃脑，站起，卷报纸，收拾苹果皮："哪有波罗蜜好吃，我们老师说那是水果之王，可水果之王我都吃厌了……我出去扔垃圾了，你快吃。"

第二天早上，修庆先起床，洗刷完毕，又开始削苹果。薄薄的，薄得透明的苹果皮从苹果身上掉下来，一片，一片，落在铺纸箱的报纸上。修庆削得很慢，削得很认真。修庆压低声音："朵兰，快起床，洗了脸，刷了牙，快来吃苹果。"

朵兰手上举着苹果，喊修庆："边走边吃吧，要不，会迟到的。"

修庆说："好，那你先走，我扔了垃圾，马上就能追到你。"修庆收拾报纸上的苹果皮。

朵兰走了，鞋底敲打着地板，响声比平时清脆。"那我先走几步，你快点儿。"

出门，走下两级台阶，朵兰拍一下脑袋："我的天，钥匙，差点忘了。"

朵兰返回，嘴巴张得大大，眼睛睁得大大——她看见，修庆弯着腰，左手揉着一团报纸往公用小客厅的垃圾篓里塞，右手抓着一把苹果皮一股脑儿填进自己的嘴里……

朵兰赶紧缩回脚，退回楼梯间，故意把脚步踏得咚咚响："修庆，修庆，别关门，我落钥匙了。"

修庆紧紧闭着嘴，脸憋得通红，拼命拍打自己的胸。

朵兰急了："修庆，你咋啦？"

修庆的喉咙滚动了好些下，他在使劲吞咽苹果皮。修庆说："没啥子，刚刚喝水呛着了。"

朵兰的眼睛有点雾水蒙蒙，泪水在眼眶里漾来漾去。忍着，忍着，终于没溢出来。朵兰在心里骂自己，都怪自己吓着了修庆，弄得他一时慌乱，被苹果皮噎着了。

下班，晚上，修庆拿出一个苹果洗净，削皮。

朵兰撒娇了："修庆，我要削苹果。我看你削苹果好好玩，我要削苹果。"

修庆乐了："这有什么好玩的，削苹果需要水平的，你不行的……"

朵兰抢过苹果，手一伸，好霸道:“拿刀来，我要削。”

朵兰的动作笨死了，朵兰的水平臭死了。

修庆越看越急:“你瞧你呀，好端端的苹果，你连皮带肉削去一大半了……”

朵兰眼一横:“我不管，我偏要削。”

终于削完，原本快有鸵鸟蛋那么大的苹果，被朵兰一阵瞎整，只剩鸡蛋一般大了。

修庆心疼得要命:“不行，明天还是我来削，要不，你连皮一起吃，不削皮。”

朵兰吐一下舌头，用手指掐起她的“鸡蛋苹果”，笑嘻嘻说：“我才不连皮一起吃，我就是要学着削皮，我以后削苹果皮的水平肯定超过你。”她顿一顿，站起来，边咬苹果边说，“我去阿梅那儿玩玩。”阿梅，是他们的邻居，也是工友。

半个小时后，朵兰抓着一把瓜子边啃边从阿梅房间回到自己的小天地时，她看见纸箱上的报纸收拾得干干净净了。朵兰的心里乐滋滋的，开满了大片热热烈烈的牡丹红。朵兰剥了一颗瓜子喂给修庆：“阿梅老家寄来的，香喷喷哟。”

修庆拗不过朵兰，接下来，由得她去削苹果了。轮到第 12 个苹果，也是最后一个苹果，朵兰还没动手，忽然惊天动的一声巨响，朵兰喊了一个“修”就什么也不知道了……

这一日，是 2005 年 6 月 5 日。

5 个多月后，朵兰出院了，和“修庆”，还有专门来接她的妹妹，坐上了 N706 次火车。

他们三个，要从东莞去湖南株洲。修庆好早就说过，他有个姐姐嫁到株洲了，他要带朵兰一起去看姐姐。

火车上的人多，有人对朵兰说："小姐，能不能把凳子上的包裹放行李架上，行李不能占座位的。"

朵兰的妹妹挺生气："我们买了三个座位的票。"那人左右转动脑袋，找人："你们不是只有两个人吗？"

朵兰慢吞吞揭开绸布包裹着的行李，露出一个精美的木匣子，木匣上镶嵌着一张照片，照片上的人笑得好灿烂。

朵兰对着木匣说："修庆，我们一起去看姐姐。修庆，我们一起回家。修庆……"

朵兰的泪水，从黯淡无光的大眼睛里淌出来，拉成两条线，滑过脸颊，流过下巴，滚落下来，掉在修庆那张阳光灿烂的笑脸上。

5个月前，朵兰听到的那声惊天动地的响声，是煤气罐爆炸了。高高大大的修庆，当场被炸成了几块。

朵兰一遍遍轻轻抚摸骨灰盒，一声声低低呼唤：修庆，我们一起回家。我们，一起回家。我们一起，回家……

骨灰盒里，修庆的骨灰静静躺着，旁边有一个细小的首饰盒。首饰盒内，放着一个完全失去了水分的，缺了一小块的，干透了的红富士苹果。

那是朵兰和修庆的第12只苹果。

情感点评

缠绵悱恻的爱情故事，写满了淡淡的忧伤，也写满了真真切切的深情。

悬崖上，有株鹅掌红

贵州大娄山深处的江冬梅 16 岁零 3 个月第一次出门远行了，去的地方是湖南沅陵。上车下车，下车上车，辗转奔波，一天两夜，江冬梅随着两个男人坐着汽车到达了目的地。

两个男人，一个嘴巴呱啦呱啦说不休，一个始终不吭一声。话多得离谱的男人是个“跑江湖的”，自称专门给男女牵线搭桥——江冬梅后来晓得，“人贩子”的这种自我介绍错得没边。他只是个买卖婚姻的人贩子，吃人不吐骨头的人贩子。

人贩子大着嗓门对江冬梅说话，大着嗓门对江冬梅的爹娘说话：“沅陵好啊，山好水好，美得很，那里是蒋介石关押张学良的地方哩。”

江冬梅和爹娘无动于衷，他们不认识张学良。

人贩子换内容：“沅陵好啊，嫁到那里去的姑娘就像掉进福窝，沅陵人每天吃三顿饭啊。”人贩子扳着手指头数，“早上起床吃一顿，中午吃一顿，晚上睡觉前吃一顿。你们想，那该多好……”

江冬梅的弟弟眼红得要哭了，他们家，一天才吃一顿。江冬梅的爹娘高兴了，可他们的眼睛亮几亮后，有些迟疑不决：“听说，沅陵那地方尽出土匪，不会欺负我家妮子吧？”

人贩子差点把凸到嘴唇外的龅牙笑落地了：“那是万恶的旧社会的事，现在是新社会，早没土匪了。”人贩子边说边掏出兜里的钞票在空中晃了晃。

钱“货”两清，成交。江冬梅的爹娘喜煞了，3000元钞票揣进怀，将三女儿江冬梅拱手送出了门。

江冬梅很快发现人贩子是睁着眼睛说瞎话。除了新婚那天她果真吃了三顿饭外，接下来的日子，每天只吃两顿。上午11点左右吃稀，下午4点左右还是吃稀。

黄福喜打着手势将同一句话给妻子江冬梅说了不下5次，江冬梅才依稀明白，“吃稀”就是地瓜煮米饭，盛碗里泡水吃下肚。

亲自去大娄山“买亲”的黄福喜，路上话少，完婚后话也没多几句。黄福喜倒是说了实话，他并非只比江冬梅大10岁，而是大了整整两轮：“我属猪，鼠牛虎兔往下跑一圈，再跑一圈，又到了猪年，你就生出来了。”

江冬梅听不明白，但读了一年书的她手指脚趾并用，一数就清楚了，丈夫黄福喜比她提早看见太阳整整24年。

黄福喜还告诉江冬梅，他花光了所有的积蓄，还借了舅舅的钱，才凑够去大娄山把她带回的钱。黄福喜疼得满脸扭曲，艰难吐出一个数字，惊得江冬梅的心裂成八瓣。“9000元，一共9000元！”

原来，除去1000元作为路费，人贩子凭一张胡说八道的嘴，夺去5000元。江冬梅的眼泪吧嗒吧嗒掉地上了，她不为自己难受，却为爹娘难过，她忆起爹娘得了3000元就乐颠颠的脸。

江冬梅更讨厌丈夫了。原本只觉得黄福喜难看，有些矮，有些黑，有些老，有些罗圈腿，脸皱巴巴的，像晒干的丝瓜瓤，要多难看有多难看。现在，江冬梅还觉得他笨，比牛还笨，他多掏了几千元钱啊，笨到脑门顶了！

江冬梅不跟黄福喜说话。白天，她冷着眼睛看丈夫忙这忙那。

黄福喜是个补锅匠，从今往前推50年，算是很不错的行当了。现在却一年到头难得有人送铁锅上门修补。江冬梅的眼睛睁大过一次，那是黄福喜给人修补大铁锅。黄福喜燃起坩炉熔铁水、堵漏、平铁水、抹烟灰、棉布打磨……动作一气呵成，看得江冬梅眼直直的。此时此刻，江冬梅的心里浮起一丝一毫波澜，觉得黄福喜有一点点能耐。

地里的猕猴桃熟了，黄瓜蒂子上的花合拢了……黄福喜在自留地里忙忙碌碌，江冬梅漠不关心。偶尔，黄福喜动嘴吱一声，江冬梅动一下。黄福喜不习惯动嘴，他手忙脚乱汗流浃背也很少吱声。以前他干活是一个人，现在他干活依旧习惯一个人。只是，有闲没闲，黄福喜老去瞅江冬梅的肚子，他一门心思惦记着妻子的肚子大起来。江冬梅看到丈夫的目光投向她的肚子，立刻转身，把冷冰冰的屁股对着丈夫。

江冬梅一点都不配合黄福喜的“积极行动”。晚上，黄福喜在她身上呼哧呼哧气喘如牛，江冬梅四肢僵硬，闭眼，不动，就是不动。

该来的总会来，江冬梅开始呕吐了。黄福喜满脸红光，仿佛喝了不老还魂汤，一下减去了20个春夏秋冬，他求奶奶告爷爷，在村里乱窜，一是报喜宣示自己红运当头，二是打探生儿育女的注意事项。江冬梅却说，我想我弟弟了。

装了一纸箱猕猴桃，拎着半蛇皮袋地瓜，又塞了两只跑地鸡，黄福喜送江冬梅回大娄山。这是江冬梅第一次回娘家。江冬梅本来说她愿意和比她更早卖到沅陵做人家老婆的一个家乡姐妹一同回去就行了，黄福喜没同意。黄福喜嘴里不说，心里在嘀咕，他担心江冬梅这一走如肉包子打狗有去无回。

黄福喜说："你肚里有娃娃了，我一颗心哪放得下，晚上要睡不踏实的。"

弟弟见着了，这位江家五个儿女里唯一的男丁，吃着猕猴桃，啃着鸡大腿，眼睛笑得没了缝。这是欢喜的事。不欢喜的事是，江冬梅的爹莫名其妙得了怪病，瘫床上抱着腿哎哟连天，愣是无法起身走路。娘说："冬梅你弟呀，再读半年书就不读了，只怪你爹这身病一进门，啥都没指望了……"

黄福喜不会说安慰话，左手掌盖着右手掌，呆呆站一旁，默默看着一穷二白的江家，看着几张蜡黄的脸。

江冬梅有好多话要说，可终究啥也没说，只抓着娘的手，抓着爹的手，抓着弟弟的手，没完没了掉泪。

从大娄山回到沅陵，黄福喜看着眼睛红肿的江冬梅，叹口气，嘴唇嚅动好一会，却又迟疑了，没吱一声。黄福喜当天却剥了屋前屋后几棵棕树上的老棕皮，放土坪晾晒。之后，开始搓棕皮绳索，粗粗的，长长的。末了，还去屠夫那里讨要了新鲜的猪血，将棕索酽酽浆了一通。

江冬梅眼看着丈夫手脚不停忙，没话说。她的心，依旧没回来，留在大娄山深处。

黄福喜出去了一天，傍晚回来，手上抓着棕索外，还抓着一把青翠的矮草。黄福喜说："这是药草，我们这里的人喊它鹅掌红。"鹅掌红的叶片碧绿碧绿，围着茎团成一圈，叶片有点像鹅掌鸭掌，茎透着深红的血色。

黄福喜还说，他跟着土家族郎中上山采过药，知道鹅掌红治股骨头坏死病最好了。江冬梅的心抖了一下，眼睛定定地看着丈夫。也许，是头一回吧，江冬梅仔仔细细打量丈夫。

黄福喜又说，鹅掌红总是长在难见的地方，再去采一些，一起给你爹送去。江冬梅的心接连抖好几下，讷讷问："你干吗对我爹那么好?"

黄福喜没料到有这样的问题出现在自己面前，脖子迟缓地转动，像是在找答案，好不容易挤出一句："我看出来了，你最爱你弟弟。你想让你弟弟能读好多书，能走出大山，治好你爹的病……"

一连数天，黄福喜都去采鹅掌红，早出晚归。有时，手上抓着一棵两棵，有时空手而归。

有人寻上门来："福喜，听说你采到了鹅掌红，卖给我好不好?"

出价节节看涨，竟然涨到好几百元，硬要把黄福喜采回家的所有鹅掌红一网打尽。

江冬梅有点傻呆了，她没听说过几棵草能卖那么多钱，她怔怔地看着丈夫，有点担心，又有些期待。

黄福喜不停扭脖子:“不卖，给我老丈人治病的……”

晚上，江冬梅的嘴对着黄福喜的耳吹气:“邻居都在骂你蠢，说我只是你买回来的堂客，何苦把我的阿爹也当你的爹……”

黄福喜说:“爱骂就骂呗。”停顿一下，再说，“我不想看到你哭，不想看到你眼睛红红的，我想看你笑。你爹腿好了，你就会笑。”

黄福喜的家里有台旧电视，舅舅送的，每回看一会儿，屏幕上的图像就开始上上下下跳动。电视里，男女间经常讲情话的，江冬梅觉得，丈夫这话是跑遍天下打着灯笼也找不着的最甜情话。江冬梅学着电视里的样子搂住了黄福喜的脖子，再笨笨拙拙将自己的嘴在他丝瓜瓤一样的脸上蹭过来，蹭过去。

隔一日，黄福喜回家，腿一瘸一拐。左脚踝划开好长一条口子，嚼碎的草药敷在上面，却还有血珠子在慢慢渗。江冬梅的心拧成一团麻，慌得很，腿直打哆嗦，仿佛那痛是落在自己身上。

江冬梅终于明白采鹅掌红是要命的活了。

悬崖峭壁上有一个瀑布，黄福喜沿着瀑布边缘攀缘而上。岩面因长年累月挂着水，绿苔满布，又湿又滑，黄福喜像只壁虎贴紧岩石往上挪。上到崖顶，左顾右盼仔细搜索，找到鹅掌红（更多时候会落空），连根带须揪出，掖进兜里，再准备下山。上山容易下山难，若没棕索，恐怕只能望崖兴叹——先将粗壮的棕索拴山顶树干或石头上，棕索另一头捆紧腰间，再贴着岩石像只壁虎溜下来。

黄福喜说:“鹅掌红都长在水边，山下溪涧边偶尔会看到，山腰也有，但药性最好的鹅掌红是山顶的。苗家老郎中也讲，土家老郎中也讲，峭壁上的鹅掌红才值钱，因为它们命长，年岁老。”

黄福喜说："采悬崖峭壁上的鹅掌红，原本至少也得两个人一起合作才行。一个人上山下山，没个照护，一不留神就摔下山了。"

黄福喜说："……"

真是奇怪，黄福喜的话忽然多了起来。说话时，脸上的表情神采飞扬。

半天的光阴，江冬梅都仰着头站崖下看丈夫进行"采药表演"，早吓得尖叫了好多声，现在安静了。

江冬梅将自己的左手伸出去，让丈夫握在他宽大的手掌中。江冬梅又将自己的右手送出去，牵住丈夫的手，将它按在自己的肚皮上轻轻摩挲："你快摸摸，娃正踢我。"

江冬梅的脸，跟鹅掌红的根茎一个样，透红透红，泛着光泽。

情感点评

初读江冬梅和黄福喜的情感故事，我觉得他们离我们太遥远。偏僻的山区，买卖的婚姻，这一切，都好似一个尘封在岁月深处的悲惨故事。再读，又觉得他们离我们好近——他们之间的厚爱与深情，真实得让我产生了触手可及的感觉。

你是一条鱼

中山公园有一片湖，人工湖，东边是钓鱼区。张志远每天都来钓鱼。

人工湖边是长条形的健身区，一家名叫“好家庭”的公司捐助了不少健身器，全设置在露天的湖边。踢踢腿，弯弯腰，大家都来做运动。文水清每天也都来这里运动运动。

张志远不认识文水清。

张志远的钓鱼水平很臭。钓到手掌长的鱼算是运气好，大多时候，他只能钓到手指长的呆头鱼，也有时候，空手回家。幸亏张志远不以大有斩获为乐，也不以一无所获为悲，端坐湖边垂钓，脸上始终有静静的微笑。拎着瘦钓竿、空鱼篓回家，脸上还是静静的微笑。

有人低头去瞅张志远的鱼篓，说老哥啊，你坚持钓鱼，技术咋老不见长。

说话的是钓友，不知名姓，见面多了，就混熟了。

张志远今天上午加半个下午一共钓到一条鱼，比手指长，比手掌短。他嘿嘿两声，说:“钓得少，就花钱少，可高兴劲一点儿都不打折扣，丝毫不比你们钓得多的高手少呢……”

公园里的鱼谁钓到归谁支配，放回水中可以，拿回家烹成美味也可。只是，如果想拿回家，得按斤掏钱，每斤 10 元。

人家纷纷侧目，说：您老是退休老教授吧，说的话，啧啧，有意思得很。

张志远干了 41 年钳工，年前才退休。他道，哪跟哪呀，我一个大老粗哩。

人不信，嘴里不再说话，心里却硬是认定老张是教授了，十有八九是哲学教授。瞧，话里多有思想。钓友们对张志远尊敬了，看钓鱼的人对张志远也尊敬了。

当时健完身的文水清也来瞄一眼人家的钓鱼乐。文水清听到张志远的话了，她心里一动，可她心里的想法和别人不同：这老头不该是哲学教授，他的手指又粗又短，像树根，指关节像树枝受伤后结的痂。文水清低首看一眼自己的手，有几枚老人斑趴在手背，可手指修长，手掌里找不到一处茧。文水清才是真正的教授，教古汉语的。

张志远继续每天来钓鱼，文水清继续每天来健身，在健身区将各式健身器材好好用一番，热出半身汗，再到钓鱼区甩手，踢腿，顺便看人钓鱼。看到钓到鱼的人乐，她跟着高兴。张志远老钓不到鱼，一贯的高高兴兴，文水清看着他高兴，也乐。

秋天的尾巴了，天气一天凉似一天，来健身的人越来越多，钓鱼的人越来越少。张志远是坚守的钓鱼者，不知是竞争者少了，还是因为技艺见长，他偶尔能一天钓到三条鱼了，只是，一条比一条又瘦又短。

是上午 10 点多的事，天阴着，一声尖叫，一片水花溅起。有人掉进湖里了，地点是钓鱼区。

好多人大呼小叫，都使劲喊保安快来，喊公园工作人员快来。张志远反应不够机敏，落水者就在他眼前的水中扑腾，他才醒悟过来。保安还没赶到，张志远站起，碰翻了自己的鱼篓，纵身跃进水里。水不深，脚能踩到底，可水稍微有些浸骨，凉。

张志远拦腰抱起落水者，一步步走到岸边。岸上的人除了嘴里大喊大叫外，终于伸援手了，拖，拉，拽，将落水者弄上岸。

落水者是文水清。文水清一身狼狈，可清醒着。咳嗽几下，吐出几口水，就说出一个地址，吓了张志远一跳，原来是邻居啊。相隔那么近，怎么就好似天涯那般遥远，以前，不曾打过照面——或者说，打过照面，也没留下丝毫印象，更不曾相互道一声“你好”。

公园的面包车载着浑身湿漉漉的文水清和张志远，急急往阳光四季园赶。文水清住 3 号楼 3 单元 2106 室，张志远住 3 号楼 4 单元 909 室。

当天傍晚，张志远去按 3 单元 2106 室的门铃。开门的是文水清的女儿，听说母亲掉进湖里，大吃一惊：“她，她怎么会……”

文水清出来，赶紧对女儿解释：“我怕你担心，没说。”又看一眼张志远，说，“谢谢您老，我身体棒得很，没啥问题。您老身体没大碍吧……”

就这样，张志远认识了邻居文水清。

文水清去公园健身，站在4单元楼下按909室的门号，嘟嘟嘟响了。文水清在楼下问："张师傅，你今天去钓鱼吗？"

张志远去公园钓鱼，站在3单元楼下按2106室的门铃，问："文老师，你今天去健身吗？"

后来，张志远不钓鱼了，陪文水清一起去公园健身，散步。

有人老远看见张志远，喊："老张，你怎么不钓鱼啦？"

喊话的是先前的钓友，张志远嘿嘿嘿三声，摇头："不钓那些小鱼啦，我钓到一条大鱼啦。"说着，瞅身边的文水清。

文水清的脸飞快泛出一抹绯红了。这时，文水清的手正拽着张志远的手，悄悄地使劲握一把，手与手抓得更紧了，更暖了。

文水清问："老张，你喜欢钓鱼，现在你不钓鱼了，心里不可惜吗？"

老张说："我哪里是喜欢钓鱼，是因为儿女们忙于工作，我待在家里，闷得慌。来钓鱼，是到人多的地方来想方设法打发寂寞呢。还有，我去钓鱼，你再落水咋办？"

文水清笑，手指又使了使劲，更加握紧老张的手，问："那你现在还寂寞吗？"不等老张回答，又说，"以往我每天来公园健身，锻炼身体是其一，更多的也是打发寂寞哩。这城里，年轻人都忙于于作，余下老人，一个比一个孤独，寂寞……"

春暖花开的时候，老张和文水清在酒楼摆了两桌。双方儿女，外加几个"钓友"，几个"健友"，兴高采烈地与一对新婚老人碰杯，敬酒。文水清的女儿做代表发言："现在，我们做儿女的，放心了，不用担心每天白天将爸爸、妈妈扔家里，让他们一个人大眼瞪墙壁，或者对着电视打发日子了……"

故事至此，好像就已结尾了，事实上没完。

这年“五一”，文水清的女儿请老张和文水清去湘西凤凰玩。坐船游沱江时，一个孩子调皮，要过船夫的竹竿学撑船。一用劲，整个身子斜插进沱江去了。大家还在惊呼，坐在船边的文水清一下子跳进水里，游到沉沉浮浮的孩子身边，一把捞住了他……

老张的嘴巴张得好大:“水，水清，你会游泳啊?”

文水清的女儿好骄傲:“我妈是游泳健将，年轻时候她还进过运动队，在全县游泳比赛中拿了女子组季军呢。”

没顾得上换衣服，文水清将嘴附在老张耳边，细细语:“要钓到你这条大鱼，自作自受呛几口水，那算什么。”

情感点评

除了彼此的一见钟情，这世上追追逐逐你来我往难解难分的爱情故事，都可以说是一个回合又一个回合的钓鱼行动吧。只不过，钓到手的鱼不再是享口福的水中游物，而是陪伴你一生一世的伴侣。

爱情储蓄

初秋，江西兴国的小生意人王保国挑着他的货郎担子往东走，往东走，走到福建武平的桃花溪就止了步。

桃花溪的杨雪妹买了王保国两双棉袜，一条脖子上绕三圈的红围巾。杨雪妹对结结实实的王保国说:“保国老弟，你不走了吧。”

王保国望一眼杨雪妹，两颊全红了。想想，狠劲一点头：“好，不走了。”

杨雪妹脸盘子大，圆，近看像满月；臀肥，圆，远看像满月。简简单单摆了几桌酒菜，请左邻右舍吃了一顿，漂亮的杨雪妹和壮实的王保国就算组成了一个完整的家庭。

王保国除了一副货郎担子，啥都没有。杨雪妹的财产丰富多了，除了四间房子，还有一个一岁多的女儿。杨雪妹的前夫去江西兴国挖煤，埋煤洞子里了。

杨雪妹对王保国说:“这就是命啊，你们江西的兴国要去了我的一个男人，现在又还给我一个男人，两不相欠，互抵了。”

王保国比杨雪妹小两岁半，身上的肌肉结实，精力充沛，杨雪妹满意得大白天独自一人都情不自禁想笑。只是，满意了三个月，杨雪妹开始有牢骚了。

“一个大男人，你怎能这么抠呀！”杨雪妹对着王保国吼。杨雪妹不再甜甜蜜蜜“保国、保国”地唤丈夫了，她直接喊王保国“抠鬼、抠鬼”。

王保国确实是抠鬼。与漂亮寡妇杨雪妹结婚后，王保国不再挑着货郎担子走村串巷，他将靠路的屋子墙上开个窗洞，建起了桃花溪的第一个小杂货店。店不大，货不多，但稀稀落落总有生意进门来。桃花溪素来有句俗话：“一个杂货铺，赛过两亩田。”也就是说，随意开个小店铺，收入也强过耕种两亩薄田。在杨雪妹看来，小小杂货店，不至于一下子让自家大踏步致富，但至少比同村人的钱袋子鼓一些，花花理所当然要比同村同龄的孩子幸福些。

花花，也就是杨雪妹和前夫的女孩，会走路了，会张嘴喊人了，瞅着店铺里的糖果饼干，揪住王保国的裤腿喊：“爸爸，花花要吃糖，花花要吃饼干。”

王保国给花花手上塞过一颗糖，塞过两片饼干。再要，不给了，喊破喉咙，哭破嗓子都不给了。

杨雪妹那个急啊，对着王保国吼：“抠鬼！抠鬼！”

王保国不恼，脸上挤满笑，将花花抱怀里哄来哄去，糖果饼干却坚决不提供了。

花花没记性，隔日，瞅见店铺里的糖果饼干继续哭闹着要，王保国依旧态度坚定。

花花看到村里有个小姐姐穿新衣服，一次次眼巴巴央求去武平、长汀、龙岩进货的王保国:“爸爸，给花花买花衣服。”

王保国一次次抱起花花来哄，说过年一定给花花添新衣服。任花花眼泪横飞，王保国硬了心肠不动摇。杨雪妹又一番吼叫来了，吼完，添上咄咄逼人的“审讯”:“你这么吝啬，天天嚷省着点省着点，是千方百计攒着钱去接济哪个吧？你的江西兴国老家，是不是还养着婆娘和娃子……”

王保国哭笑不得，好说歹说，说不过泼辣的杨雪妹，干脆歇了小店，关了家门，领着杨雪妹母女俩回兴国探亲。

一幢破旧的土砖房子被半人高的乱草包围着，拧开生锈的锁，房子里空荡荡的，一只老鼠惊慌失措地蹿出窗台跑了，一只老鼠慌不择路地从脚边溜墙角去了……王保国叹口气:“我说我是孤零零一个人，信了吧?”

杨雪妹信了。

王保国领着杨雪妹去了不远的坟地，指着紧紧挨在一起的两个土堆说:“旧坟是我爸，那时我才 11 岁；新点的坟墓埋着我妈，她是 4 年前走的……”

杨雪妹更信了。

相信王保国心里没鬼的杨雪妹却在自己心里敲起了小鼓：是否他嫌弃花花不是自己的亲女儿，所以不愿在她身上多花哪怕一分钱？心里的话，杨雪妹没吐出口，她担心这些话一说出口，会引发家庭战火。

花花三岁六个月时，有小弟弟了。随着儿子细波渐渐长大，杨雪妹发现，王保国竟然对自己的亲生儿子更吝啬，细波想吃糖，王保国硬是将一颗水果糖掰成两半，儿女各分半截；至于细波穿的衣服，全是只让接着穿花花的旧衣服，难得添置一件新的。

杨雪妹很少对着王保国咆哮了，儿女渐大，原本泼辣的杨雪妹的性子越来越柔。再者，杨雪妹的心里雪亮得很，王保国除了舍不得花一分钱，对她，对儿女却是百分百的好。杨雪妹身体挺棒，王保国却坚决不让她沾一点重活。春耕双抢等一大把累人的农活，王保国几乎全“承包”了。杨雪妹怀上儿子细波到生细波坐月子，王保国干脆不允许杨雪妹沾一丝一毫冷水，全是服侍到床边……桃花溪的其他女人羡慕坏了:“到哪里还能找到这么好的汉子呢?”杨雪妹的心里好得意:“幸亏自己胆子大，当初不是自己一句话，哪能撞到这样的好福分!”

王保国更吝啬了。花花读书了，书包和文具盒，还有一双白球鞋，都是王保国去龙岩的旧货市场淘来的；王保国身上的衣服被时代远远抛在后头——他的身上，居然还是中山装，谁都说不清王保国的中山装寿命有多长，幸亏布料厚，够结实；桃花溪有好几家杂货店了，还有人开了小饭店，因为临近的上杭和长汀搞起了旅游，游客们偶尔会从桃花溪的简易公路经过。其他杂货店和小饭店的店老板们早买了摩托车，王保国却仍旧踩着一辆嘎吱嘎吱响的载重自行车……

王保国的大名“抠鬼”早已不只是杨雪妹一个人喊了，桃花溪的人统统“忘”了王保国的原名，直呼其“抠鬼”的大号。在此基础上，王保国还多出一个新名字：王古董。言下之意，王保国这样的怪人简直同“古董”一样稀有了。

杨雪妹看在眼里，听在耳里，摇几下头，苦笑一下，背地里对着王保国责怨几句便罢休了。杨雪妹清楚大道理小道理说千遍万遍，犟驴王保国是改不了性的。她放心王保国，清楚王保国没有嫖赌逍遥的坏习性，钱不会乱花瞎花去，他愿做个守财奴，就做去吧。

花花读初中了，细波读小学了；花花读职业高中了，细波读初中了……杨雪妹的老屋变了样，拆了旧平房改建两层小楼。新楼砌墙用的所有红砖是王保国带着休暑假的细波和花花自己手工打造烧制的。修筑小楼的工程承包给邻村一个袖珍建筑队，完工后算账，包工头嘴巴都气歪了，骂骂咧咧说：建了那么多的楼，就天下第一抠鬼王保国家的房子他没赚到一分钱，白白累脱一层皮！

2005 年夏天，花花职高毕业了，去了龙岩的“七匹狼”服装公司上班。上班才三天，王保国打电话来：“花花，你快回家。”

王保国坐在床上，咳嗽着，抓住匆匆赶回家的女儿的手，递给她一个鼓鼓囊囊的布袋：“花花，我肯定活不长的，你长大了，这里面是钱，你替你妈妈保管着。记住呀，要好好保管着，你妈的后半生，全靠这些钱了……”

布袋里，数数，竟有将近 15 万元！

花花惊呆了：“爸爸，你怎么有这么多钱？”

王保国没回答。其实他根本不用回答，已经长大的花花清楚，那些钱不是抢来的，不是偷来的，不是捡来的，是她爸爸一分一分省吃俭用积攒起来的。

杨雪妹早趴在床边哭得分不清眼泪鼻涕。现在，她明白了，一个男人默默坚持 16 年，背负着“抠鬼”和“古董”的臭名，这一切，竟全是为了她！杨雪妹悔死了，因为丈夫过分吝啬，她对着他吼，骂他，吵他，而今才醒悟过来，他是全心全意为了她的后半生提前做着最充分的准备……

挺意外，王保国没死。去医院住足半个月，笑眯眯的医生和王保国打起赌来："老王，只要你按时吃药，我敢打包票，你不但能好好活过 39 岁，还能活过 49、59、69，甚至 79、89……"

王保国有点将信将疑，但等他 2005 年 8 月 23 日过完 39 岁生日，他就对自己笑了。他发现自己不再咳嗽了，不再呼吸急促了，不再全身乏力了，他乐呵呵对着欢天喜地的杨雪妹说："花花他妈，你瞧，我真的活过了 39 岁。"他对女儿花花说："花花，你瞧，我真的活过了 39 岁。"他对儿子细波说："……"

儿子和女儿都笑王保国："爸，你呀，你现在该有第三个新名号了，那就是'迷信分子'。"

王保国开心地笑，尽管他知道自己其实并非迷信分子，他只不过犯了个天大的错误而已——他的母亲在世时告诉他，他的曾祖父没活过 39 岁，死于感冒引发的痨病（肺结核）；他的祖父没活过 39 岁，死于感冒引发的痨病；他的父亲同样没有活过 39 岁，还是死于感冒引发的痨病。他以为，自己也活不过 39 岁。他忘了两件事：现在已是科技发达的时代，区区感冒即便引发肺病，也不至于轻易置人于死地；现在不再是政府对偏僻农村老百姓的生老病死听之任之的时代了。

王保国望着一对儿女，说："现在，你们该不会再怨爸爸是个吝啬鬼守财奴了吧……我亲眼见到我父亲死后，母亲独自一人含辛茹苦养育我所受的艰辛和磨难，所以，我才提前行动，千方百计地积蓄每一分一角，我实在不愿你们的妈妈万一独自养育你们时，也和我母亲一样受苦受累啊……”

杨雪妹就坐在王保国左侧，她的右肩膀紧紧靠着王保国的左肩膀，她在笑着，笑得很灿烂，可她的脸上，挂两行泪。

情感点评

男主人公王保国的祖辈父辈因病早逝，他心里就有了一个心结，以为自己也与长寿无缘，于是开始了防患于未然的积蓄钱财。不是为了自己，而是为了心上人。结果，却是瞎操心一场……

本文可当一场轻喜剧来欣赏，然而，这场轻喜剧不是引我们纵情大笑，却是让我们感动——王保国用他的“愚昧”，给我们出演了一幕动人的爱情短剧。

赌　妻

俞家坳有两个大老板。一个叫丁三，是老资格的老板，靠开煤矿起家，赚了不少钱；另外一个叫何必，是近一两年慢慢富起来的老板，靠贩卖煤炭发的财。

丁三的老婆叫梅子，是远近出了名的美人儿。说起来，梅子原本是何必的恋人。梅子和何必是中学同学，读书时候就悄悄好上了。但梅子高中一毕业，丁三就托人上她家求亲，瘫痪在床上的梅子爹看看如花似玉的女儿，狠狠心，不顾眼泪汪汪的梅子反对，硬是点了头。爹说："嫁给丁老板，吃香的喝辣的，有什么不好？而且，你当上了丁老板的内当家，我治病的药钱，你弟弟的学费，不就都有了稳妥的来路……"

梅子嫁给了丁三，真的过上了每天有香吃有辣喝的富日子。至于梅子的内心里是苦是甜，别人都不知道也不去关心，只有梅子自己知道。

遗憾的是，富日子并不长久，梅子结婚不久，丁三便在他人的引诱下染上了赌瘾，大把大把的钱甩出去了。梅子费尽心思劝丈夫，先恳求，接着哭求，再是哀求，但丁三已输红了眼，一心想赢回来，也就照赌不误，而且越赌下的赌注越大。结果，赌徒丁三输光了所有积蓄，竟连他出资数百万元的两个煤矿的所有股份都输了个精光。

心急如焚的梅子去找何必。“何必，你还爱我吗?”梅子开门见山就问。

何必原本非常恨梅子，恨她爱丁三的钱而抛弃了他。也正因为丁三靠富有夺去了他心爱的恋人，何必才发下狠心拼命学做生意，他靠贩卖煤炭飞快踏上致富之路。望着憔悴的梅子，何必意外地发现自己并不恨梅子了，他觉得自己心如刀割。他点头:“爱。如果你离开丁三，我愿娶你。”

梅子说:“你如果仍爱我，就帮我做一件事，请你去跟丁三赌妻。拿我当赌注，一次定输赢……”

何必犹豫了一小阵，一跺脚，下了决心。

灌了半瓶酒而脸红红的何必找到两眼暗淡无光的丁三:“丁老板，我想跟你赌一把。”

不独丁三奇怪，就连在场的其他人都惊诧不已。大家都知道何必从不沾赌。

酒气冲天的何必一拍桌子，大声说:“你们都晓得我从不赌，但我今天一定要赌。而且，我想与丁老板赌老婆。”

什么，赌老婆?什么年代了，哪里还能拿老婆来下赌注的!大家面面相觑。

何必冷笑一下:“在座的各位乡亲父老，你们都知道，我一直爱梅子，可我以前是个穷小子，梅子她也就嫁给了腰缠万贯的丁老板。现在嘛，哈哈，听说丁老板输得比我当年还穷，我也就给你送上一个几分钟内有可能大赢特赢的机会——你赢了，我付你200万元现金，另外将我新近投资的两家煤矿股份全让给你，你该知道，那两家煤矿的年终分红几十万元是有的。几年下来，你又是身家500万元的人了。不过，你若输了，你就得和梅子离婚，将她送到我家来，她以后就是我老婆了……”

一时间满屋子鸦雀无声，大家眼睁睁看丁三。丁三呼哧呼哧喘着粗气，用劲擂了桌子一拳，猛地站起来:“奶奶个熊，老子跟你赌了。你说，怎么赌?”

何必的酒劲似乎冲上脑门了，他指着丁三的裤裆，舌头打卷:“赌赌，赌你穿啥颜色的短裤衩。”

丁三暗暗一笑:“好，你说我穿的是啥颜色的短裤衩。”

何必想了一想，手哆哆嗦嗦从兜里掏出一张百元大钞，用手指点着钞票上的颜色说:“红色。”

周围的人全细声议论起来。哪有男人穿红裤衩的，这不是瞎猜吗?

再看看丁三，却见他的脸已惨白。他原本也从不穿红色短裤衩的，但听说穿了红裤衩能改运，他这段日子也就特地买了条红短裤穿在身上。

丁三急了，狡辩道:“不行，这不算，说不定你跑梅子那里问了情况有备而来……”

何必懒洋洋说:“那你猜我穿的啥颜色裤衩?”

丁三脱口而出："不是白色就是黑色。"其他人全都对丁三指指点点了，哪能猜两色呢？

何必冷笑一下，解开了腰带——他居然没穿短裤衩！

垂头丧气的丁三在一群人的簇拥下回了家，当着大家的面，他期期艾艾对梅子说："我们离婚吧。"

梅子大惊失色："为啥？"

丁三低着头："我把你输给了何必。你原来不是很喜欢何必吗？你现在去给他当老婆吧。"

梅子的嘴巴张得好大，呆住了。等大家拼命摁人中，灌冷水弄醒过来，她立刻号啕大哭起来。哭完，擦擦泪，问："你把我当了多少钱输掉的？"

"500万元。"

梅子咬牙切齿："还不低嘛，但我告诉你，我绝不和你离婚！随便你去哪里弄500万元还给何必，我反正是坚决不和你离婚！"

听了梅子的话，何必冲到丁三面前，一把扭住他脖子，恶狠狠说："要么，你给我500万元，要么你马上和梅子离婚！我不管，你反正得立刻给我一个满意的答复。"

丁三哭丧着脸蹲地上，一句话也说不出来。气急了的梅子走到丈夫面前，狠狠推了一把，竟将丁三推倒在地上。

梅子说："你以前不是很英雄吗？现在怎么就蔫啦，不像个男人样啦，像个十足的孬种啦！不就是500万元嘛，你给他写张欠条呀，凭你那聪明脑袋，十年八年不就轻松赚到500万元了。告诉你，如果你想和我离婚，简简单单了了这事，门都没有。你也不想想，一个男人如果连老婆都输给别人家了，你还有什么脸活在世上……”

受了梅子一番抢白，原本在老婆面前很“英雄”的丁三老老实实站起来，可怜巴巴地望着何必：“我打欠条给你行不？我10年内，不，力争8年内全部还给你！”

何必在鼻子里哼一声：“凭你现在这样的赌棍，10年内能有钱还我？谁信你？”

丁三急了：“我再赌我就不是人！我明天就下矿洞挖煤去，我9年前不就是从矿洞里挖煤，然后一步步干到自己开煤矿的！我就不信，凭我的本事我不能东山再起！”

何必将信将疑地看着丁三，梅子坚定地说：“我担保行不行？看在我是你老同学，而且爱过你的分儿上，请你相信我丈夫一定不会食言！而且，明天起我马上和他一起到煤矿去干活……”

无奈的何必接过了丁三写下的欠条，挺失望地回家去了。

到了家，何必拿出欠条随便扫了一眼，就用打火机点燃这张薄薄的纸。看着红艳艳的火光渐渐暗淡下去，何必的眼睛不知不觉湿了，他轻轻地叹声气：“梅子啊梅子，你以前是个好女孩，现在是个好女人了。”

情感点评

梅子是在父亲的逼迫下嫁给丁三的。可以说，这是贫困嫁给了财富。然而，当原本富有的丁三因赌而一贫如洗的时候，梅子在自己终于拥有选择权的时候，却没有选择财富，而是选择了留在贫困身边。而且，不仅容貌美丽，且心灵更美丽的她聪明地导演了一出戏，挽救了赌徒丈夫丁三。

梅香梅香我爱你

父亲生于1932年。可他总习惯说自己生于民国二十一年，他常说："我是民国二十一年生人，你娘是民国十八年生人。"这是真的，母亲比父亲大三岁零四个月。

父亲是湖南益阳三十里千石乡周大杆子的第七个儿子。周大杆子是我祖父，我没见过，他不管三七二十一，草草制造了8个儿子、1个女儿后，就扔下祖母和儿女去见阎罗王了。那一年，我祖母还不到40岁，而后她一直守寡至终。

周大杆子是所有千石乡人对他的称呼，因为祖父长得太高了，比床架子还高。具体多高，没用尺子量过，据说死后棺材加长特制。祖父是个地主，千石乡的来历与他，还与另一个姓胡的地主有关，说是周大杆子和胡地主共享三十里的良田好几百亩，可产两千石粮，一人一千石。

书上尽说地主通通是恶霸，欺男霸女，无恶不作，这并非全真。

周大杆子和胡地主都是祖上数代人吃苦耐劳勤奋耕作，再加上省吃俭用才得以不断购置田地发家致富的。父亲快 60 岁那年回千石乡给祖宗上坟，依稀还认识的乡亲们都感慨周大杆子，还有周大杆子的父母，也就是我曾祖父曾祖母全是好人，说他们接济过太多穷苦人。又说正因祖上都是大善人，后辈人才又因善得福，出息了。

扯得没边了，回头说父亲母亲。

父亲小时顽劣，六七岁时老在周家和胡家搭界的山上与同龄的孩子玩“打土匪”游戏，石头扔得满天飞。当时，胡家山上常有个十岁左右的丫头在山上放牛。丫头扎俩乌漆墨黑的长辫子，望着满山飞跑乱窜的屁孩儿，眼里尽是羡慕。

丫头叫梅香，是个孤儿，4 岁时父母双亡，6 岁多就进了胡家，给胡家三儿子当童养媳。

父亲和伙伴们消灭了“土匪”，手还痒，瞅见长辫子丫头，鬼点子出来了:“谁用石子投中那个臭丫头，谁就是大王。”

一呼百应，都远远站着，往梅香身上投掷石子。牛吓得乱躲，梅香惊慌失措躲闪。还是中了，梅香用手摸一下自己的头，拿下手一看，红红的，就哇哇大哭起来。大家一哄而散，溜得飞快。唯有父亲，愣了，石头是他扔中的。

那时，祖父已离去，儿女多，祖母管不过来，就实施简单扼要的铁血政策。儿女们一旦惹恼了她，祖母的唯一法宝就是揍。责令儿女脱掉身上的衣和裤趴在长板凳上，操起竹篾片捆扎的扫帚就打。恨铁不成钢的祖母下手贼狠，不把儿女抽得鬼哭狼嚎，背上遍布血条决不罢休。一想起这些，父亲全身哆嗦得不行。他一寸一寸挪近梅香，期期艾艾恳求:“你不去向我娘告状好不？我，我帮你把牛找回来。”

父亲把逃远的几头牛逐一赶回梅香身边。看她还用劲擦泪，也跟着哭起来，哭一半，说:“你不给我娘告状的话，我明天带好东西给你吃。”

父亲没挨揍，果真带了两块冰糖送来给梅香吃。那是父亲从家中的一口大泥瓮里偷出来的。那口瓮，藏了许多吃的。里面还放了石灰块，据说放了石灰块就能防潮，还能防虫子偷袭。

没多久，躲过一劫的父亲又一次忘乎所以，朝梅香扔小石子，再一次砸中她的头。这回，父亲经验丰富多了，虽然又吓得手忙脚乱，但他几步就跑到眼泪汪汪的梅香面前，故伎重演，搬出旧话恳求一番，答应再偷好东西给梅香吃。另外还多出一道手续，到水溪边帮梅香清洗头发里的血。梅香的长辫子解散开来，父亲仔仔细细找发丝里风干的血痂，洗净，长发如瀑，父亲竟懂得欣赏美了，他说:“姐姐，你的头发好好看。”

自此，梅香有了个弟弟，父亲一见梅香就喊“姐姐”。

父亲进私塾了，整天念《三字经》，背《百家姓》，用毛笔歪歪扭扭描《千字文》。

梅香不放牛了，洗衣和清扫家里的卫生成了主要工作。

父亲只能偶尔在溪边撞见梅香。见了立刻高喊:“姐姐，你打散辫子，你打散辫子。”父亲看着梅香解散开来瀑布一样的黑发，眼发亮，自告奋勇背《三字经》给梅香听。

父亲不是一块读书的料，虽然他得意扬扬，摇头晃脑，动作做得很到位，但他才背一半《三字经》已吞吞吐吐，力不从心。很奇怪，无论是什么，梅香只要听父亲背一次，却记得牢牢实实。

父亲在私塾里待了三年就被送进一所公学读书去了，学的花样多了，不再只是捧着古人的文字猛背。可惜，读了不到两年，父亲又不得不赶紧跑回家，战争来了——日本侵略军和中国国民政府的中央军在湖南雪峰山一带激战，打得很惨烈。

日本鬼子还没从雪峰山败退，胡家决定赶紧让梅香和他们的第三个儿子“圆房”（即童养媳和丈夫合婚入洞房的意思）。准备工作进行得很顺利，喜日子前两天，这位胡家三少爷和兄弟因小事吵架，当晚竟弄根绳子绕脖子悬梁自尽了。

有敏感的人拿了梅香的生辰年月去找八字先生掐算。不出所料，八字先生拈着几根山羊胡须念念有词：“不妙，不妙，年柱和日柱的天干地支完全相同，克夫又克子。”

梅香背上了“克夫”的罪名。但胡家不让梅香离开，理由很充分：她吃了胡家好些年的粮食，至少得在胡家再干几年活才能改嫁。

梅香还在溪边洗衣服，抽条似的飞长蹿高的父亲再撞见她，对着比自己还矮的她喊：“姐姐，姐姐，打散头发。”

梅香却从不打散头发了。梅香摇头，一脸的忧容：“细弟，我不能披散头发了，我结婚了，头发要盘着。”梅香的头上，盘着一团乌云。

父亲兴高采烈：“你结婚了？你丈夫好看不？他疼你不？”

梅香低了头，用木棒槌在青石板上擂衣服。响声沉闷。入秋了，梅香的手冻得通红。梅香不说话。

父亲还在兴致勃勃问：“你说啊，他好看不？疼你不？”

梅香仰起脑袋说：“他死了。”

父亲张口结舌，待一会，嚷道:“那我给你做丈夫。好不好，好不好?”

梅香笑一下，耳朵根都红了:“好！好得很。”低头，挥起捶衣棒再使劲擂衣，哐哐哐，哐哐哐，响声急。再仰脖子，又笑一下，这次是眼睛红了:“细弟，你也学会哄人了。”

“我不哄你，我才不哄你。”

溪边有棵山枣树，叶落得所剩无几了，细枝上还挂着孤零零几颗瘦瘦的酸枣子。父亲一挽衣袖:“姐姐，你等着，我上树摘给你吃。”

哧溜几下，到了树顶，枣子揣兜里了。再下来，却不哧溜了，“哎哟”一声，还没到树半腰就滑下来。没伤，手指破了点皮。

梅香吓白了脸，慌慌乱拿起手指看，慌慌乱捏起衣角擦拭，慌慌乱跑回家找剪刀。“你的指甲裂开了，我帮你剪。”父亲右手食指的半截指甲到了梅香手里。

父亲的大哥在益阳税局混了个小官，想带父亲去当“小跟从”，和手下四处收税。祖母说:“先成家，再去。”

父亲才 14 岁，家里忙着给他张罗找婆娘了。父亲说:“我要娶梅香姐姐。”

只差没把祖母吓死，只差没把祖母气死——去胡家湾一打听，原来梅香是个“寡妇”，还没与丈夫圆房就把丈夫克死了，据说还克子，命这样硬，又比父亲大三岁，还了得!

父亲说:“我要娶梅香姐姐。”犟，还添上一句，“我就爱她的长辫子，我就爱她的黑头发。”

拗不过父亲的犟，长辈里有人出主意：摸黑。

夜晚，没点煤油灯，屋子里一排姑娘伸出右手站着，大气都不敢出。祖母气鼓鼓说:“香姑娘也在里面，你自己去摸，摸到鸡就是鸡，摸到狗就是狗，娘决不反对。香姑娘有没有福分进我们周家门，怨不得娘，也怨不得你，都得听天由命!”

父亲暗喜。梅香的手他见过多次，干活太多，粗，短，有茧。不料，父亲连摸三只手，傻了眼。只只手都粗糙，短，有茧，分明全是劳动人民的手。

原来，祖母严守周家“勤俭持家、劳动致富”的规矩，娇生惯养的大户人家的小姐全不放眼里，净找头大、手粗、腰壮、臀肥的，说这样的姑娘干活绝对是好把式，能干、肯干，生孩子也是一把好手！祖母精心策划了一番，反复挑拣了几个姑娘，她们的手看起来、摸起来跟梅香的手几乎一模一样。

父亲垂头丧气摸到第六只手，被一个尖利的东西扎了下手心。本来已恼火不已的他刚想破口大骂几句，忽然心里一动，不挪步了:“娘，舅舅，点灯吧。”

煤油灯光黄黄亮，父亲正闭着眼睛紧紧拽着梅香的右手。

天意啊，天意！祖母灰头土脸了。

给了胡家20斗谷子，父亲将梅香——我母亲娶回家了。成亲那天，父亲即将15岁，母亲满18岁。

洞房花烛夜，父亲先不说别的，只问:“姐姐，姐姐，你将指甲好好藏起来没？那可是我们的宝贝，是我们俩的媒人呀……”

一点都没错，是指甲为媒。

自从爹娘死后，当了多年童养媳的母亲，除了没完没了地忙活，从没人关心过她，从没人好心跟她说过几句话。唯有喊她“姐姐”的细弟，给她快乐，送她暖心的话，送她吃的。那半截指甲，原本她习惯性地随手一扔，后来，竟鬼使神差地找到，用手绢包起来，放进贴身的衣兜……

父亲准备走马上任去大哥任职的税局当差了，还没成行，有消息送进门来了。祖母家里当时的“顶梁柱”犯下大事了——她的大儿子拿着刚收上来的税款去赌钱，一夜输得精光。

祖母哭干了泪，将所有田地急匆匆贱买。周家的山土田屋从此一半姓了“胡”，一半姓了“孟”。父亲和五哥挑了两担“法币”送到税局，关押了几天的大哥终于捡回一条小命。

一夜之间，豪门大户变成穷困户。也幸亏这“一夜之间”，多年后，周家竟捞取了一顶响当当的、无限光荣的“贫下中农”的政治帽子。而可怜的胡家地主、孟家地主被“人民的力量”打倒镇压。

不过，当时的祖母丝毫没预见到后来的幸运。就像胡家三少爷自杀，胡家将一切仇恨全扣到梅香头上，怪她拥有“克夫命”一样；祖母将更多的矛头指向我母亲，认为她不仅仅“克夫”，还是“扫帚星”，理由很充分：是她进了周家门后，周家才顷刻间一无所有。

父亲勃然大怒，扬言要带着母亲远走高飞，从此与祖母不相往来。羞愧难当的大伯主动反复检讨，加上母亲善解人意的劝解，火爆脾气又正年少气盛的父亲总算息怒。

周家决定举家搬到金盆桥去。那里，是母亲的娘家，有两间青砖老屋——因母亲的父母正是住在那里先后病逝的，都说那房子犯邪气，始终没人住，空着，母亲正好带着落魄的周家人统统住进去。

在祖母眼里，母亲算是“戴罪立功”了，但她看母亲大多时依旧横眉冷对。祖母自己也时刻处于惶惶不可终日中，尽管她几乎将所有罪过全推在母亲头上，但又觉得周家的家产败个精光，自己也负有不可推卸的责任。她认为若坚持不让母亲成为她的儿媳妇，就一定能避免破产。祖母沉浸在怨恨和自责中，却一点都没觉察到，新的幸福生活已悄悄靠拢来了。

1949 年 8 月，湖南和平解放，全家上下惊喜地发现，租种别人田地的祖母一家，因为是典型的“贫下中农”，竟分到原属于孟姓地主的两亩多地，分到三亩多山。此前，有热心革命积极找“根源”的人，搜索到可靠消息，说周家该划为“破产地主”。母亲据理力争，说周家人从解放前就穷得只能借住她娘家的房子，而她，是个两手空空的孤儿！

中国翻开新的一页，周家也翻开新的一页。解放区的天，晴朗的天。兴高采烈的母亲响应毛主席“人多力量大”的伟大号召，抓紧生产，一鼓作气生了三男三女。

祖母死时，百岁只差一年半。此时，她早已不再对我的母亲冷冰冰敬而远之，而是经常性地嘘寒问暖。祖母提心吊胆的事情始终没有发生，她的儿子——我的父亲没被母亲克死（即使到今天也活得好好的）；她的孙子孙女也没被母亲克死，而且一个接一个通过考学进入城市生活，甚至移居海外，让她老人家觉得脸上添了十足的光彩。

前两年，我对中国传统的命运学产生兴趣。读书，看到这么一行文字：“女犯伏吟，克夫伤子。”我情不自禁地笑了。母亲的“八字”我认真排过，她出生的年和日，果真是天干地支完全相同，按所谓的命理所言，这正是犯了“伏吟”。可母亲既没“克夫”，也没“伤子”，倒因为她始终如一的勤俭持家，相夫教子，“旺”了她的丈夫和儿女。

不知世上是否真有命运之神，我想，就算有吧。都说，命运之神是万能的，唯有他可肆意颠倒乾坤，篡改黑白。看来，他也有“受制”的时候——他，怕爱神。或许，是因爱神太美，爱太美，命运之神抵挡不了美的诱惑，只好投降，任由爱神在人间逍遥游，任由爱神私自改变有爱之人的命运。就像我的父母，以指甲为媒，用爱将彼此紧紧捆在一起，幸运一生，幸福一生。

情感点评

赏心悦目的述说，腾挪跌宕的情节，将我们送往一个远去的时代。在这个远去的时代里，我们见识了不堪一击的苦难和哀伤——因为有爱，任何苦难，都形同虚设，成为爱的苍白陪衬。

买妻记

原本，张五汉是想买个老婆的，但他万万没料到，却买回一个老娘。

诸位是明白人，一听张五汉这名字，就知他在家排行准是第五。没错，张五汉的爹娘一共生了五个孩子，张五汉是个尾巴货。

张五汉爹娘先是一鼓作气猛生女孩，生到第四个差点儿想泄气作罢，但张五汉的祖父不罢休，只盼有个带把儿的孙子。也算是功夫不负有心人，张五汉横空出世了，给张家上下带来了无法言尽的欢天喜地。这个带把儿的小男孩取名张小五。

遗憾的是，张小五的到来，并没给张家带来什么幸运。张家因得了儿子的高兴劲还没过足瘾，愁云就上了爹娘的脸。娃娃生得多，嘴巴就多，孩子们是一个接一个生的，劳动力排不上号，但个个都是猛长身体的年龄，人人饭量惊人。张小五的出生把这个本来就差不多算得上一穷二白的家弄得更是“锦上添花”了。

张小五，这个即将在本故事出演男主角的人，就在一顿饥一餐饱的日子里渐渐由张小五熬成了张大五，接着又长成了张五汉。

家穷，书是没法多读的。张五汉除了会写自己的名字外，再能写的字屈指可数，但这并不会妨碍他长高，只是营养不良给张五汉送上了一份使他永远不用吃减肥药的厚礼——远远看去，张五汉像一根竹竿，“苗条”得不像样子。

张五汉被人喊成张五汉是在35岁过后，那时，他那个“张大五”的名字已被人喊了好多年。当他的脸上出现皱纹，背也开始呈现虾米的雏形时，他理所当然被人喊成“张五汉”了。可怜的张五汉，此时此刻还是个光棍汉啊。

四个姐姐早嫁人了，但乡下讲究门当户对，穷人家女孩的婆家往往也是穷人家。生儿育女的姐姐们对于没余钱去支援弟弟娶上媳妇只能干着急。

然而，所谓“不幸总有万幸”，张五汉碰上的“万幸”是他生的年代还算不错，他碰上只要艰苦奋斗就能丰衣足食的时代。张五汉识文断字的水平不行，但吃苦耐劳还是在行的。张五汉在一名邻居的带领下，勇敢地进城打工了。城里的轻松活当然没他的份，但辛苦活遍地都是。张五汉成了某建筑工地一名光荣的工人，说白了，其实就是挑灰浆桶的小工。

日晒雨淋，张五汉挑了整整5年灰浆，把背挑到进一步向地面靠近，也把脸上的皱纹挑到进一步“深入浅出”——张五汉40岁了，40岁的张五汉还是个单身汉。

单身汉张五汉是带着满身的志得意满回乡的，因为他的怀里揣着5年的辛苦所得，不多不少恰好7000元。张五汉在内心最深处悄悄地打着一个如意算盘：我要买个老婆。

张五汉有足够的信心，坚信自己能买个好老婆。乡里老早就有人买到老婆了，贵州和四川的山区女孩，2000元起价，据说还是绝对的黄花闺女呢，我张五汉有比三个2000元还多的钱，买个好老婆会难吗？张五汉乐滋滋掂量着。

张五汉回乡后的第一件事是马上偷偷地四处放风：我要找个老婆。

过了三天，生意送上门来了。

那是个黄昏，两个外乡人出现在张五汉的破房子前，在他们身后，有个用毛巾蒙了脸又被捆了双手的人。

外乡人开门见山问："你想娶个老婆？"

张五汉点头。外乡人把手向前一伸："5000元，一分不能少。广西货，16岁黄花闺女，脸盘子又白又大，身段子你自己看就晓得。胸大屁股肥，生男娃娃铁定是好货色……"

张五汉的嘴巴张了几张："恁贵，不是2000元一个吗？"

外乡人鼻孔里哼一声，鄙夷道："那是什么时节的老皇历？现在的行情是随便弄个老妈子也能卖个三四千，你眼前的货色可是16岁的黄花闺女。你也不去问问，现在这样的买卖险着呢，一不小心就被抓去，哪能不涨价！"

张五汉犹豫了一阵，他实在心疼5000元钱哪。外乡人看他畏畏缩缩，恼了，压低声音说："不瞒你，老乡，你不想花钱也成，我把人领走就是。你们隔壁狗瘩子村还有人想要呢，我是嫌那路太远又不好走才就近送到你门上来的……要想晚上抱个暖和的婆娘睡觉就利索点，天下哪有免费的馅饼砸你脑门子上的好事？而且，我可告诉你，我们的规矩是，准看不准动，成交后我们包送进洞房，然后钱货两清各不相欠……”

张五汉用劲狠狠看了几眼外乡人身后的蒙面人，瞧瞧那屁股还挺肉嘟嘟的，胸前也分明有两块肥肉……张五汉的心里腾地燃起一团火焰，眼里、手里那个痒痒啊没法子忍住。他一转身冲进房里，关了门，从床下抱出个坛子，从坛子底下掏出了一沓票子。

.张五汉拍着胸脯说:“你们，把她领到我屋子里……”

女孩进了门，张五汉用锁挂上房门，然后把5000元钱的票子数了四次才将它递到外乡人手上。

外乡人也不再数，大大方方将钞票往口袋一塞，色眯眯笑：“老乡，晚上你有得福气享了。”出了门，两个外乡人急急走了。

张五汉悄悄挨房门前听了听，听得里面“嗯嗯”声，知道是那女孩在挣扎，一颗心就放到一边，赶紧忙着煮饭做菜，手脚麻利得就像抹了油，末了还特地给自己斟了一小杯米酒。一切准备妥当，就开了门，准备叫女孩一起来吃晚饭了。

张五汉是边哼着小调边解绳子的，接着，他满怀激动和热切揭开紧扎在女孩脸上的毛巾——只一刹，张五汉就大喊一声，然后屁股墩子就落到了地上……那16岁的闺女，转眼间竟然变成了一个嘴里塞块脏布条儿，满脸纵横交错着即便没到70岁也铁定早已过了花甲的老太婆！

上当了！

张五汉用了半晌才醒悟过来，他趴在地上用双手使劲擂打自己:“我，我咋这样命苦呢，该天杀的王八羔子拐个婆婆子来骗我啊……”

那确实是个老婆婆，扯了她嘴巴里的布条后，才知道她竟然还是个哑巴！

老婆婆挥舞着双手又是指又是画，喉咙里有声，但就是不知道在说什么。唯一明白的是，老婆婆眼里急得尽是泪水。

张五汉彻底傻眼了，心头的懊丧到了顶！

邻里听得哭喊声，赶过来看热闹。看了，听了，想了，谁都摇头，又叹气，还咒骂一通人贩子。

哭够喊够，张五汉就呆了，他不知道如何处理这个哑巴婆婆。留下来，做老婆当然不成。老婆婆年龄都可以做自己的娘了，去欺负足以喊娘的老人家那是丧尽天良的。张五汉文化不高，这点道理倒特清楚！赶走她，终究有点不忍，一个哑巴老婆婆，只怕会饿死在野外。何况，花了5000元买来的人哪，就这样白白赶走岂不是太心疼了……

张五汉脑袋瓜里乱透了，邻居里有人指点他："把老人家留下来，先要她为你缝缝补补浆浆洗洗也成啊，反正你娘也早去了，就权当你老娘还在人世好了。等稳定下来，四处发发消息，看哪里走失了老人没，若是寻到她家的人，还怕他们不把5000元还你……"

这样一指点，张五汉心里明亮了不少，哑巴老婆婆就留在张五汉家了。家里有了老人，张五汉身上的衣服也干净不少，饭菜也时常热乎乎香喷喷的。老人手勤，嘴里却从来没闲话，简直比张五汉自己当年那个整天唠叨不止的亲娘还令他感到亲切。

随着张五汉的日子越来越舒畅，他心里对5000元的心疼也就淡了不少，居然还对老人生出几分亲近来。外人就笑："张五汉，恭喜你啊，买回一个好老娘。"

张五汉不恼，还乐："是呀，百金易买漂亮女，千金难换好娘亲。"众人大笑，奇怪的是，连哑巴老婆婆也笑。难道哑巴还能有好听力？旁人奇怪。

更奇怪的事还在后头，一个半月后，哑巴婆婆竟开口说话了："五汉呀，你是好人哪，你能不能把我送回老家去……"

张五汉惊得舌头都在口里打了结，好久才说出句完整的话："您您您，不是哑巴？"

老人满脸慈祥："我不哑。当初是因落入人贩子手里，急火攻心，使得喉咙上火说不出话，后来又担心你是个恶棍，就干脆装哑巴了……我是山西人，本是和外甥女去走亲戚的，哪料到走一段夜路时，外甥女去上厕所，我却被人贩子当成我外甥女而塞进麻袋，再辗转弄到你这来了……"

老婆婆请求张五汉把他送回山西去，她诚恳地说："我清楚你是个好人，你把我送回山西，我闺女和儿子不会薄待你的，说不定他们已经找我找疯了呢。"

张五汉先将信将疑，后来就信了。不过，他还真的有些舍不得老人家了："婆婆，我家有了您，日子舒坦多了。不是我不相信您，送走您，我其实真的有点舍不得了。我虽没喊过您一声娘，但实际上，我是把您当作我的娘亲了。"

老人眼里来泪水了，但脸上尽是笑。她叹气："我的那几个闺女和儿子还有孙子外甥，怕想我想疯了啊。"

张五汉想了想，一狠心，再次钻到了床底下，抱出那个装钱的小坛子。

他在内衣襟缝了个小袋子，将剩下的2000元装进去，要领着老婆婆上路了。邻居都赶来阻止:“你是蠢人吧，5000 元买回个老婆婆白养着不说，现在还花 2000 元送人家回老家?天底下哪有你这样的榆木脑瓜子啊!老婆婆狡诈呢，她先装哑巴骗你，现在说不准又是骗你的!”

张五汉笑，不说话，仍旧牵着老人家走向远方。他的身后，是乡人的指指点点和无尽叹息。

张五汉带着老婆婆走后，村里少了两个人，谈资却多了，全是说张五汉的，都是摇头和叹气，还有不约而同手搭凉棚张望村口的——他们是在等着看张五汉的笑话啊，看他再次上当，像个丧家犬一样被骗了钱财回村来。

两个月的光阴在乡亲们的焦急又渴望中一晃而过，张五汉出现在村口。奇怪的是，他没有穿得破破烂烂，更没有满脸落魄，倒一脸喜色出现在村口。更稀奇的是，他身边紧紧靠个女子，那是典型的山西女，肩宽腰阔，胸脯鼓鼓囊囊的，圆实的大屁股看起来似乎有点夸张，一张形如满月的脸红扑扑的……张五汉大大方方又不无得意地扯一把女人:“我老婆，叫吕金叶。”

望着这个顶多二十七八岁的壮实山西女人，乡里男人们的眼里差点要喷出火来。这一切让乡亲们糊涂了，又让他们羡慕不已:张五汉，凭啥就能讨个如此尤物当自己的老婆呢!

张五汉看大家急，偏就不慌不忙，接过乡邻热情洋溢递上来的无数支烟，吞云吐雾过足了瘾之后才开始开腔“吹嘘”起来:“金叶是婆婆的小侄女呢，婆婆见我人才优秀就把她侄女嫁给我了。人家可是大户哟，没收我一分彩礼钱，反倒给金叶一万元压箱钱……”

“只要你有颗好良心，好老婆准会送上门。”张五汉说。他说这是老婆婆说给他听的。别的人可不这么说，他们喜欢用另外的话来说笑令他们羡慕不已的张五汉。酒足饭饱了，村人扎堆，有人这样编顺口溜："张五汉买老婆，买回一个老婆婆；张五汉养干娘，养回一个俏婆娘。"

情感点评

一波三折的故事，塑造出一个忠厚善良的山里汉子形象。张五汉一心想花钱买个老婆，却受骗上当买回来一个老太太；他无怨无悔地养育了这个老人，并在老人的恳请下破费送她回家……村人想看他再次上当受骗的笑话，结果却是，他"白捡"一个好老婆。

张五汉的故事，再一次印证了中国一句古老的良言："好心人，终有好报。"